絶叫学級

家族のうらぎり 編

いしかわえみ・原作／絵
桑野和明・著

集英社みらい文庫

絶叫学級《ぜっきょうがっきゅう》

家族のうらぎり 編

41時間目《じかんめ》

エミリーちゃん家《ち》

プロローグ

皆《みな》さん、こんにちは。
絶叫学級《ぜっきょうがっきゅう》へようこそ。
私《わたし》の名前《なまえ》は黄泉《よみ》。
恐怖《きょうふ》の世界《せかい》の案内人《あんないにん》です。
チャームポイントは、つやのある長《なが》い黒髪《くろかみ》と
猫《ねこ》のような金色《きんいろ》の瞳《ひとみ》です。
下半身《かはんしん》は見《み》えないかもしれませんが、お気《き》になさらず。
皆《みな》さんと、こうやってお話《はなし》ができれば、なんの問題《もんだい》もないのですから。
それでは、授業《じゅぎょう》を始《はじ》めましょうか。
皆《みな》さんは、パーティーに呼《よ》ばれたことはありますか？

パーティーは楽《たの》しいですよね。
派手《はで》な飾《かざ》りに、テーブルに並《なら》ぶごちそう。
キレイな服《ふく》を着《き》て、友達《ともだち》とゲームやおしゃべり。
毎日《まいにち》、パーティーに行《い》きたい、なんて子《こ》もいるかもしれません。
でも、怖《こわ》いパーティーもあるみたいですよ。
今回《こんかい》は、身《み》の毛《け》がよだつようなパーティーのお話《はなし》です。

「はぁ？　二十四日《にじゅうよっか》も残業《ざんぎょう》？」

藤川雪緒《ふじかわゆきお》はリビングで朝食《ちょうしょく》を食《た》べている両親《りょうしん》に向《む》かって、不満《ふまん》いっぱいの声《こえ》をだした。

「どういうこと？　今年《ことし》はクリスマスパーティーをやるって、約束《やくそく》したじゃん！」

「仕方《しかた》がないだろ」

父親《ちちおや》が、からになったコーヒーカップをテーブルの上《うえ》におきながら、視線《しせん》を雪緒《ゆきお》に向《む》ける。

「パパも残業《ざんぎょう》になったし、ママもパートの仕事《しごと》が入《はい》ったんだから」

となりにいる母親《ははおや》も「うんうん」とうなずいた。

「仕事《しごと》が遅《おそ》くなるから、パーティーの準備《じゅんび》や料理《りょうり》もできないし。プレゼントだったら、次《つぎ》の休《やす》みの時《とき》に買《か》ってあげるわよ」

「クリスマスパーティーは？」

「それは、なしってことで」

「えーっ！　去年《きょねん》のクリスマスもパーティーしなかったじゃん！」

「もう、いいでしょ？　この前《まえ》、あなたの十一歳《じゅういっさい》の誕生日《たんじょうび》パーティーをやったんだから」

「それとクリスマスパーティーは別《べつ》だよ！」

雪緒《ゆきお》はぶんぶんと首《くび》を左右《さゆう》に振《ふ》った。

ショートボブの髪《かみ》の毛《け》の先《さき》が白《しろ》い頬《ほお》をたたき、眉毛《まゆげ》が急角度《きゅうかくど》でつり上《あ》がる。

「パパもママもうそつきっ！」

「しょうがないでしょ。私《わたし》とパパが仕事《しごと》しないと、こうやって、ご飯《はん》を食《た》べることもできないのよ」

「ご飯《はん》よりもクリスマスケーキを食《た》べたいよ。あと、フライドチキンとポテトと………」

「いいかげんにしなさい！」

母親《ははおや》の顔《かお》が怒《いか》りの表情《ひょうじょう》に変《か》わる。

「さっさとご飯食《にんた》べて、学校《がっこう》に行《い》かないと、遅刻《ちこく》するよ」

母親《ははおや》の言葉《ことば》に、雪緒《ゆきお》は唇《くちびる》をとがらせて、うめき声《ごえ》をあげた。

「ひどいと思《おも》わない？」

朝《あさ》の教室《きょうしつ》で、雪緒《ゆきお》は友達《ともだち》の緑《みどり》と聖子《せいこ》に家《いえ》での出来事《できごと》を話《はな》していた。

「パパもママもうそつきだよ。今年《ことし》はクリスマスパーティーをやるって言《い》ってたのに」

「あはは。うちも似《に》たようなもんだよ」

緑《みどり》が白《しろ》い歯《は》を見《み》せて、笑《わら》った。

「去年《きょねん》は弟《おとうと》とケーキ食《た》べて、テレビ観《み》て、それで終《お》わりだったし」

「私《わたし》の家《いえ》もそうだよ」

となりにいた聖子《せいこ》も、二《ふた》つ結《むす》びにした髪《かみ》の毛《け》を整《ととの》えながら、口《くち》を開《ひら》く。

「ファミレスでご飯《はん》食《た》べて、デザートにイチゴのショートケーキを食《た》べただけ」

「なんだ。聖子《せいこ》たちもそうなのか」

「低学年《ていがくねん》の時《とき》のほうが、本格的《ほんかくてき》にパーティーをやってたかもね」

「昔《むかし》はよかったなぁー」

雪緒《ゆきお》は机《つくえ》に頬《ほお》づえをつきながら、数年前《すうねんまえ》に自分《じぶん》の家《いえ》でやったクリスマスパーティーのことを思《おも》い出《だ》した。

リビングのすみには小《ちい》さなもみの木《き》が飾《かざ》られていて、赤《あか》と緑《みどり》の豆電球《まめでんきゅう》がピカピカと点滅《てんめつ》していた。

テーブルの上《うえ》には、フライドチキンやポテト、ジュースやフルーツが所《ところ》せましと並《なら》んでいる。その料理《りょうり》を食《た》べながら、両親《りょうしん》といっしょにボードゲームをやった。

(あの時《とき》は楽《たの》しかったなあ。料理《りょうり》もパーティーの時《とき》のほうが、いつもよりおいしい気《き》がするし)

「クリスマスパーティーは子供《こども》にとって、大切《たいせつ》な行事《ぎょうじ》なのに、パパもママも、それがわかってないんだよ」

「でも、仕事《しごと》ならしょうがないんじゃない」

緑《みどり》が雪緒《ゆきお》の肩《かた》をポンとたたいた。

「大人《おとな》にとって、一番大事《いちばんだいじ》なのは、仕事《しごと》なんだからさ」

「それでも、クリスマスパーティーはやるべきなんだよ！　一年《ねん》に一度《ど》しかできないパーティーなんだから」

雪緒《ゆきお》は緑《みどり》と聖子《せいこ》の顔《かお》を交互《こうご》に見《み》た。

「ねえ、今年《ことし》はみんなでクリスマスパーティーやらない？　お泊《と》まり会《かい》も兼《か》ねてさー」

「うーん、それは楽《たの》しそうだけど………」

緑《みどり》が腕《うで》を組《く》んで、眉根《まゆね》を寄《よ》せた。

「どこでパーティーやるの？　雪緒《ゆきお》の家《いえ》は、親《おや》が仕事《しごと》でパーティーの準備《じゅんび》も料理《りょうり》もできないんだよね？　うちの家《いえ》も無理《むり》だよ。今《いま》、リビングを改装中《かいそうちゅう》だし」

「私《わたし》の家《いえ》もダメ。せまいしさ」

聖子《せいこ》が両手《りょうて》を左右《さゆう》に振《ふ》った。

「場所《ばしょ》がないと、クリスマスパーティーなんてできないよ。それに、お泊《と》まり会《かい》も兼《か》ねているのなら、親《おや》の協力《きょうりょく》も必要《ひつよう》だからね」

「あー、二人《ふたり》の家《いえ》も使《つか》えないのなら、やっぱり無理《むり》か………」

雪緒《ゆきお》はがっくりと肩《かた》を落《お》とした。

「それなら、うちでやらない？」

突然《とつぜん》、背後《はいご》から女《おんな》の子《こ》の声《こえ》が聞《き》こえてきた。

振《ふ》り返《かえ》ると、クラスメイトの、のえるがいた。

のえるは、最近《さいきん》、雪緒《ゆきお》たちのクラスに転校《てんこう》してきた女《おんな》の子《こ》だった。

セミロングの髪《かみ》の毛《け》はつやつやで、目《め》はぱっちりとしている。服《ふく》はブランド物《もの》のワンピースを着《き》ていて、家《いえ》がお金持《かねも》ちだと、クラスのみんながウワサをしていた。

「のえるちゃんの家《いえ》で？」

雪緒《ゆきお》の言葉《ことば》に、のえるは「うん」と首《くび》を縦《たて》に振《ふ》った。

「ママがクリスマスパーティーのメニューを張《は》りきって考《かんが》えているの。せっかくだから、みんなもどうかなって思《おも》って。お泊《と》まりでも大丈夫《だいじょうぶ》だよ」

「のえるちゃんの家《いえ》って、広《ひろ》いの？」

「どうかな。リビングは三十畳《じょう》ぐらいはあるけど」

「さ、三十畳《じょう》？　それって、畳《たたみ》、三十枚分《まいぶん》ってことだよね？」

「フローリングの床《ゆか》だけどね」

のえるは目《め》を細《ほそ》めて、にっこりと微笑《ほほえ》む。

「私《わたし》、雪緒《ゆきお》ちゃんたちと友達《ともだち》になりたかったの。だから、いっしょにクリスマスをすごしたいなって思《おも》って。ダメかな？」

「もっ、もちろん、オッケーだよ！」

そう言《い》って、雪緒《ゆきお》は緑《みどり》と聖子《せいこ》に視線《しせん》を向《む》ける。

「緑《みどり》も聖子《せいこ》もいいよね？」

「あ…………うん。そりゃ、私《わたし》もクリスマスパーティーやりたいし」

「私《わたし》もやりたいな。大勢《おおぜい》のほうが盛《も》り上《あ》がるしね」

二人《ふたり》は雪緒《ゆきお》の提案《ていあん》に賛成《さんせい》した。

「やった！　じゃあ、よろしくね。のえるちゃん」

雪緒《ゆきお》はのえるの手《て》をにぎりしめて、瞳《ひとみ》を輝《かがや》かせた。

（めっちゃ、ラッキー！　これで、味気《あじけ》ないクリスマスをすごさなくてすむよ）

十二月《じゅうにがつ》二十四日《にじゅうよっか》のクリスマスイブ、雪緒《ゆきお》は緑《みどり》たちといっしょに、のえるの家《いえ》に向《む》かった。のえるに描《か》いてもらった地図《ちず》を見《み》ながら、細《ほそ》い路地《ろじ》を何度《なんど》か曲《ま》がると、目《め》の前《まえ》に洋風《ようふう》の大《おお》きな家《いえ》が見《み》えた。家《いえ》のまわりはレンガの塀《へい》で囲《かこ》まれていて、庭《にわ》の木《き》には、色《いろ》とりどりの電球《でんきゅう》が点滅《てんめつ》していた。

昨日《きのう》の夜《よる》に降《ふ》っていた雪《ゆき》が、庭一面《にわいちめん》をうっすらと白《しろ》くしていて、電球《でんきゅう》のライトを反射《はんしゃ》させている。幻想的《げんそうてき》な光景《こうけい》に、雪緒《ゆきお》は口《くち》をぽかんと開《あ》けた。

「うわ……のえるちゃんの家《いえ》って、お金持《かねも》ちって聞《き》いていたけど、本当《ほんとう》だったんだね」

「うん。家《いえ》だって三階建《がいだ》てだよ。何部屋《なんへや》あるんだろ？」

聖子《せいこ》がライトアップされた、のえるの家《いえ》を見上《みあ》げながら、うらやましげにため息《いき》をついた。

「うちのアパートとは大《おお》ちがいだよ。いいなぁー」

「どっ、どうしよう？　入《はい》っていいんだよね？」

「そりゃ、招待《しょうたい》されているんだから、いいにきまってるけど」

「そ、そっか。じゃあ、入《はい》るよ」

雪緒《ゆきお》たちは、開《あ》いていた門《もん》をくぐって、大《おお》きな玄関《げんかん》に向《む》かった。

「みんな、いらっしゃい」

広《ひろ》い玄関《げんかん》で、のえるの母親《ははおや》が、笑顔《えがお》で雪緒《ゆきお》たちを出《で》むかえた。

「のえるの友達《ともだち》が三人《にん》も来《き》てくれるなんて、うれしいわ。今日《きょう》は楽《たの》しんでいってね」

「い、いえ。こちらこそ」

雪緒《ゆきお》はあわてて頭《あたま》を下《さ》げた。

（のえるちゃんのママ、のえるちゃんと似《に》てて、上品《じょうひん》で優《やさ》しそうだな。テレビにでている女優《じょゆう》さんみたいにキレイだよ）

「料理《りょうり》の準備《じゅんび》がまだ残《のこ》っているから、みんなはリビングで待《ま》っててね。リビングは廊下《ろうか》の奥《おく》にあるから」

そう言《い》うと、のえるの母親《ははおや》は雪緒《ゆきお》たちに背《せ》を向《む》けて、台所《だいどころ》らしき部屋《へや》に入《はい》っていった。

雪緒《ゆきお》たちは、長《なが》い廊下《ろうか》を横《よこ》に並《なら》んで進《すす》んだ。

廊下《ろうか》はピカピカに磨《みが》かれていて、壁《かべ》には油絵《あぶらえ》が飾《かざ》ってある。左右《さゆう》にある木製《もくせい》のドアを見《み》て、雪緒《ゆきお》の目《め》が丸《まる》くなった。

「すごい！　何部屋《なんへや》あるんだろ………」

「というか、リビングって、どの部屋《へや》なの？　こんなにいっぱい部屋《へや》があったら、わからないよ」

緑《みどり》がキョロキョロと視線《しせん》を動《うご》かす。

「とりあえず、奥《おく》って言《い》ってたから、このへんじゃないの」

雪緒《ゆきお》は右側《みぎがわ》のドアを開《あ》けようとした。

「ダメっ！」

突然《とつぜん》、背後《はいご》から、のえるの声《こえ》が聞《き》こえてきた。

振《ふ》り返《かえ》ると、真剣《しんけん》な顔《かお》をした、のえるが立《た》っていた。のえるは雪緒《ゆきお》の前《まえ》に回《まわ》り込《こ》み、木《もく》製《せい》のドアを押《お》さえながら、ぴくぴくと頬《ほお》を動《うご》かした。

「そっ、そこは物置《ものおき》なんだよ、雪緒《ゆきお》ちゃん」

「あ、そう……………なんだ」

「うん。リビングは、もっと奥《おく》の部屋《へや》なんだ。案内《あんない》するね」

そう言《い》うと、のえるは雪緒《ゆきお》の手《て》を取《と》り、廊下《ろうか》を進《すす》み始《はじ》めた。

のえるに引《ひ》きずられるようにして廊下《ろうか》を歩《ある》きながら、雪緒《ゆきお》はちらりとドアを見《み》た。

（なんだろう。のえるちゃんの態度《たいど》、ちょっとおかしかったような………。あの物置《ものおき》に、何《なに》か見《み》せられないものでも入《はい》っているのかな？）

つきあたりのドアを開《あ》けると、リビングの中央《ちゅうおう》に、天井《てんじょう》の高《たか》さまで届《とど》く大《おお》きなもみの木《き》が飾《かざ》られていた。そのとなりには、大《おお》きなテーブルがおかれてあり、白《しろ》いテーブルクロスの上《うえ》には、たくさんの料理《りょうり》が並《なら》んでいる。

プチトマトの入《はい》ったシーザーサラダ。

大皿《おおざら》の上《うえ》に山盛《やまも》りになっているチキン。

銀色《ぎんいろ》の容器《ようき》の中《なか》には、数種類《すうしゅるい》のスープが湯気《ゆげ》を立《た》てている。

「うわっ、すごいごちそう」

「これでも、半分《はんぶん》ぐらいだよ」

のえるが困《こま》ったような笑《え》みを浮《う》かべた。

「ママは朝《あさ》からずっと、料理《りょうり》を作《つく》っていたからね。いっぱい食《た》べてもらわないと」

「食《た》べる、食《た》べる！」

雪緒《ゆきお》はテーブルに駆《か》け寄《よ》り、並《なら》んでいる料理《りょうり》を見回《みまわ》す。

「あっ、ピザもあるよ。グラタンもある。って、これ、全部手作《ぜんぶてづく》りなんだ」

「雪緒《ゆきお》、よだれ出《で》てるって」

となりにいた緑《みどり》が、笑《わら》いながら雪緒《ゆきお》の口元《くちもと》を指差《ゆびさ》した。

「まだ、食《た》べたらダメだよ。料理《りょうり》が全部《ぜんぶ》そろうまでは待《ま》とうよ」

「えーっ！　まだ、食《た》べられないの？　私《わたし》、朝《あさ》から何《なに》も食《た》べてないのにー」

唇《くちびる》をとがらせた雪緒《ゆきお》を見《み》て、リビングに笑《わら》い声《ごえ》があふれた。


「ふうー、おいしかったぁー」

そう言《い》うと、雪緒《ゆきお》は満足《まんぞく》げに自分《じぶん》のおなかをさすった。

「のえるちゃんのママは料理上手《りょうりじょうず》だよねー」

「うん。手作《てづく》りのケーキも最高《さいこう》だったよ」

聖子《せいこ》が唇《くちびる》についた生《なま》クリームをなめながら、うんうんとうなずく。

「やっぱ、クリスマスにはケーキを食《た》べないとね」

「というか、聖子《せいこ》、食《た》べすぎだって。三個《こ》は食《た》べたでしょ？」

「いやぁ、イチゴと生《なま》クリームの組《く》み合《あ》わせが最高《さいこう》なんだよ。それに、まだ残《のこ》っているんだから、もっと食《た》べてもいいでしょ」

「え？　まだ、食《た》べる気《き》なの？」

「もちろん！　クリスマスケーキは来年《らいねん》まで食《た》べられないからね。今日《きょう》はお泊《と》まりだから、明日《あした》の朝《あさ》も食《た》べるよー」

「あはは、甘《あま》い物好《ものず》きの聖子《せいこ》らしいや」

横《よこ》を見《み》ると緑《みどり》は、フルーツ味《あじ》の炭酸《たんさん》ジュースを飲《の》んでいる。

（あれ？　のえるちゃんは、トイレかな？　私《わたし》も行《い》ってこよう）

「ちょっと、トイレに行《い》ってくるね」

雪緒《ゆきお》はクリスマスソングを歌《うた》いながら、リビングを出《で》た。


「こんなに楽《たの》しいクリスマスは久《ひさ》しぶりだなー」

大《おお》きな鏡《かがみ》のある洗面所《せんめんじょ》で、雪緒《ゆきお》は手《て》をふいたハンカチをポケットにしまった。

「のえるちゃんはいいなあ。あんなに料理《りょうり》が上手《じょうず》なママがいて。うちのママなんて、週《しゅう》に二回《かい》はコンビニのお弁当《べんとう》が夕《ゆう》ご飯《はん》になるし、少《すこ》しは見習《みなら》ってほしいよ」

ぶつぶつと母親《ははおや》への文句《もんく》を言《い》いながら、雪緒《ゆきお》は廊下《ろうか》に出《で》た。

廊下《ろうか》を歩《ある》いていると、さっきのドアの前《まえ》に、のえるが立《た》っているのが見《み》えた。

(あれ？　のえるちゃん、何《なに》してるんだろ？　あそこは、たしか物置《ものおき》って言《い》ってたような)

のえるは、雪緒《ゆきお》が見《み》ているのに気《き》づいていないようだ。

そのままドアを開《あ》けて、部屋《へや》の中《なか》に入《はい》っていった。

「なんで、物置《ものおき》なんかに…………」

雪緒《ゆきお》は足音《あしおと》をしのばせて、半開《はんびら》きになったドアに近《ちか》づいた。

部屋《へや》の中《なか》から、のえるの声《こえ》が聞《き》こえてくる。

「…………調子《ちょうし》はどう？　エミリー」

(エミリー？)

部屋《へや》の中《なか》をのぞくと、床《ゆか》にひざをついている、のえるの後《うし》ろ姿《すがた》が見《み》えた。

どうやら、のえるは下《した》を向《む》いて、誰《だれ》かと話《はな》しているようだ。

「いい？　今日《きょう》はここでじっとしてるんだよ。今《いま》、クラスメイトがうちに来《き》ているからね。あなたが見《み》つかったら、めんどうだから」

よく見《み》ると、のえるは小《ちい》さな人形《にんぎょう》と話《はなし》をしていた。

人形《にんぎょう》は四十センチほどの大《おお》きさで、古《ふる》い洋服《ようふく》を着《き》ていた。顔《かお》の部分《ぶぶん》は布《ぬの》で作《つく》られていて、目《め》の部分《ぶぶん》には×印《バツじるし》のボタンがつけられている。口《くち》の部分《ぶぶん》は黒《くろ》い糸《いと》で縫《ぬ》い合《あ》わされていて、まるで、裂《さ》けた口《くち》を強引《ごういん》に閉《と》じているように見《み》えた。

(あの人形《にんぎょう》、なんか気持《きも》ち悪《わる》い。全然《ぜんぜん》かわいくないし、手作《てづく》りなのかな？)

雪緒《ゆきお》は眉間《みけん》にしわを寄《よ》せて、人形《にんぎょう》を見《み》つめた。

「雪緒《ゆきお》ーっ！」

突然《とつぜん》、後《うし》ろから緑《みどり》が雪緒《ゆきお》に抱《だ》きついてきた。

「何《なに》してんの？　こんなところで」

「あっ！」

緑《みどり》の声《こえ》に気《き》づいて、のえるが素早《すばや》く振《ふ》り返《かえ》った。

のえるはひざをついた姿勢《しせい》のまま、自分《じぶん》の後《うし》ろに人形《にんぎょう》をかくした。

「あ、のえるちゃんもいたんだ」

緑《みどり》が、部屋《へや》の中《なか》にいたのえるに向《む》かって、口《くち》を開《ひら》いた。

「どうしたの？　そんな暗《くら》いところで？」

「なんでもないよ。それより、リビングに戻《もど》ってゲームしようか？　対戦《たいせん》ゲームでおもしろいのがあるから」

「いいねえー。みんなでやろう！」

緑《みどり》は雪緒《ゆきお》の手《て》をひいて、廊下《ろうか》を歩《ある》き出《だ》した。

のえるも廊下《ろうか》に出《で》てきて、物置《ものおき》のドアをぴったりと閉《し》める。

にこにこと笑《わら》っているのえるの顔《かお》を見《み》て、雪緒《ゆきお》は違和感《いわかん》を覚《おぼ》えた。

（のえるちゃん、あの人形《にんぎょう》を私《わたし》たちに見《み》せないようにしてた。なんでだろう？）

人形《にんぎょう》の不気味《ぶきみ》な姿《すがた》を思《おも》い出《だ》して、雪緒《ゆきお》の背筋《せすじ》がぶるりと震《ふる》えた。

「やった！　また、私《わたし》の勝《か》ちね」

「あーっ、あとちょっとだったのにー。もう一回《いっかい》、勝負《しょうぶ》だ！」

緑《みどり》と聖子《せいこ》が大型《おおがた》のテレビの前《まえ》で、テレビゲームをしていた。

二人《ふたり》の笑《わら》い声《ごえ》がリビング中《じゅう》に響《ひび》きわたる。

雪緒《ゆきお》はソファーに座《すわ》ったまま、となりにいるのえるに視線《しせん》を向《む》けた。

のえるは、緑《みどり》たちが遊《あそ》んでいる姿《すがた》を楽《たの》しそうに見《み》ていた。

(のえるちゃん、いつもと同《おな》じだ。さっきは変《へん》な感《かん》じがしたのに。気《き》のせいだったのかな)

突然《とつぜん》、ドアが開《ひら》いて、背広姿《せびろすがた》の男《おとこ》の人《ひと》がリビングに入《はい》ってきた。

どうやら、のえるの父親《ちちおや》のようだ。

「おっ、かわいいお客《きゃく》さんが来《き》てるんだな」

「パパ、おかえり！」

のえるが父親《ちちおや》に駆《か》け寄《よ》った。

「私《わたし》のクラスのお友達《ともだち》だよ。雪緒《ゆきお》ちゃんと緑《みどり》ちゃんと聖子《せいこ》ちゃん」

「友達《ともだち》かー。よかったな、のえる」

父親《ちちおや》はのえるの頭《あたま》をなでながら、雪緒《ゆきお》たちに笑顔《えがお》を見《み》せた。

「君《きみ》たち、のえるの友達《ともだち》になってくれてありがとう。のえるはおとなしいから、なかなかクラスになじめないんじゃないかって、心配《しんぱい》してたんだよ」

「もーっ、そういうこと言《い》わないで！」

のえるがぷっと頬《ほお》をふくらませた。

「もう、パパとは遊《あそ》んであげないから」

「ごめん、ごめん。プレゼントの自転車《じてんしゃ》はちゃんと買《か》ってきたから」

「あっ…………それなら、ゆるしてあげる」

のえるは目《め》を細《ほそ》めて、父親《ちちおや》に抱《だ》きついた。

仲《なか》のよい二人《ふたり》の姿《すがた》を見《み》て、雪緒《ゆきお》の胸《むね》の奥《おく》がちくりと痛《いた》んだ。

（のえるちゃん、パパとも仲良《なかよ》しなんだ。さっきはママと楽《たの》しそうに話《はなし》をしてたし、仲《なか》のいい家族《かぞく》なんだな…………）

「うちのパパとママも、もっと、私《わたし》と遊《あそ》んでくれればいいのに…………」

自分《じぶん》の耳《みみ》にも聞《き》こえないような小《ちい》さな声《こえ》でつぶやいて、雪緒《ゆきお》はリビングを出《で》た。

リビングのドアを閉《し》めて視線《しせん》を落《お》とすと、床《ゆか》に何《なに》かが落《お》ちているのに気《き》づいた。

「あれ？　これ、さっきの人形《にんぎょう》じゃん」

廊下《ろうか》に落《お》ちていたのは、さっき、物置《ものおき》で見《み》た人形《にんぎょう》だった。

人形《にんぎょう》は両足《りょうあし》を前《まえ》に出《だ》して、床《ゆか》におしりをつけている。

まるで、自分《じぶん》でリビングの前《まえ》まで歩《ある》いてきて、その場《ば》に座《すわ》っているようだ。

「なんで、こんなところに？」

雪緒《ゆきお》は床《ゆか》にひざをついて、人形《にんぎょう》を持《も》ち上《あ》げた。

人形《にんぎょう》は汚《よご》れていて、髪《かみ》の毛《け》の部分《ぶぶん》にはホコリがついていた。

「すごいホコリ……………。なんか、かわいそうだな」

雪緒《ゆきお》は右手《みぎて》で、人形《にんぎょう》のホコリをはらった。

「あんた、のえるちゃんの人形《にんぎょう》なのかな？」

「…………」

人形《にんぎょう》は何《なに》もしゃべらない。

×印《バツじるし》の目《め》が雪緒《ゆきお》を見上《みあ》げている。

「…………まあ、人形《にんぎょう》がしゃべるわけないか」

ふっと息《いき》を吐《は》き出《だ》して、苦笑《にがわら》いを浮《う》かべる。

「ねえ、のえるちゃんって、恵《めぐ》まれているよね。優《やさ》しいママがクリスマスパーティーの料《りょう》理《り》をいっぱい作《つく》ってくれてさ。パパだって、いつも遊《あそ》んでくれているみたいだし。どんだけ、恵《めぐ》まれてるんだよ」

雪緒《ゆきお》は自分《じぶん》の両親《りょうしん》のことを思《おも》い出《だ》した。

毎日《まいにち》、残業《ざんぎょう》で休日《きゅうじつ》も遊《あそ》んでくれない父親《ちちおや》。

パートが忙《いそが》しくて、料理《りょうり》も適当《てきとう》なものしか作《つく》らない母親《ははおや》。

二人《ふたり》とも、何度《なんど》も雪緒《ゆきお》と遊《あそ》ぶ約束《やくそく》をやぶっていた。

「……私《わたし》も、のえるちゃんのパパやママみたいな親《おや》がよかったな」

そうつぶやきながら、雪緒《ゆきお》は人形《にんぎょう》を戻《もど》しに物置《ものおき》に向《む》かった。

その日《ひ》の夜《よる》、雪緒《ゆきお》たちはリビングのとなりにある客間《きゃくま》で眠《ねむ》っていた。

すでに時間《じかん》は午前《ごぜん》一時《じ》をすぎていて、カーテンのすき間《ま》からは、しんしんと雪《ゆき》が降《ふ》っているのが見《み》えた。

ずるっ………ずるっ………。
どこからか、何《なに》かがはいずっているような音《おと》が聞《き》こえてきた。
ずるっ………ずるっ………。
音《おと》は少《すこ》しずつ大《おお》きくなり、雪緒《ゆきお》たちが眠《ねむ》っている部屋《へや》のドアが開《ひら》く音《おと》がした。
(ん………誰《だれ》か、ドアを開《あ》けた？)
雪緒《ゆきお》の耳《みみ》がぴくりと動《うご》いた。目《め》を開《あ》けようとしたが、眠《ねむ》くて、まぶたが開《あ》かない。
(まあ、いいや。どうせ、緑《みどり》か聖子《せいこ》がトイレに行《い》ったんだろうし………)
ずるっ………ずるっ………。
耳元《みみもと》で不気味《ぶきみ》な音《おと》が聞《き》こえてきたが、雪緒《ゆきお》は布団《ふとん》から体《からだ》を起《お》こすことはなかった。
次《つぎ》の日《ひ》の朝《あさ》、誰《だれ》かに肩《かた》をゆすられて、雪緒《ゆきお》は目《め》を覚《さ》ました。
目《め》の前《まえ》に、のえるの顔《かお》がある。
「あ………のえるちゃん」
「おはよう、雪緒《ゆきお》ちゃん。もう、朝《あさ》だよ」

「う………そうなんだ。おはよう」

雪緒《ゆきお》が上半身《じょうはんしん》を起《お》こすと、からの二組《ふたくみ》の布団《ふとん》が見《み》えた。

「あれ？　緑《みどり》と聖子《せいこ》は？」

「二人《ふたり》は帰《かえ》ったよ」

「帰《かえ》った？」

雪緒《ゆきお》の目《め》がぱっと開《ひら》いた。

「なんでっ？　帰《かえ》るのは昼《ひる》すぎって、きめてたのに」

「何《なに》か、用事《ようじ》があるって言《い》ってたよ」

「用事《ようじ》？　二人《ふたり》とも？」

「うん」

のえるは、こくりとうなずいた。

「雪緒《ゆきお》ちゃんは寝《ね》てたから、気《き》づかなかったみたいだね」

「そんな………」

その時《とき》、廊下《ろうか》からのえるの母親《ははおや》の声《こえ》が聞《き》こえてきた。

「雪緒《ゆきお》ちゃん、朝食《ちょうしょく》の準備《じゅんび》ができたから、顔《かお》を洗《あら》ってきたら？」

「…………は、はい」

雪緒《ゆきお》はかすれた声《こえ》で返事《へんじ》をした。

洗面所《せんめんじょ》で顔《かお》を洗《あら》った後《あと》、雪緒《ゆきお》は携帯電話《けいたいでんわ》をポケットから取《と》り出《だ》して、液晶画面《えきしょうがめん》を確認《かくにん》した。緑《みどり》と聖子《せいこ》からメールは届《とど》いていない。

（メールも来《き》てない。やっぱり変《へん》だよ。二人《ふたり》が何《なに》も言《い》わずに帰《かえ》るなんて…………）

雪緒《ゆきお》は携帯電話《けいたいでんわ》を操作《そうさ》して、緑《みどり》に電話《でんわ》をかけた。

しかし、通知音《つうちおん》が鳴《な》るだけで緑《みどり》は電話《でんわ》にでない。

「電話《でんわ》にもでない…………」

その時《とき》、聞《き》き覚《おぼ》えのある呼《よ》び出《だ》し音《おん》がどこからか聞《き》こえてきた。

雪緒《ゆきお》はその呼《よ》び出《だ》し音《おん》が、緑《みどり》が使《つか》っているアイドルの曲《きょく》だと気《き》づいた。

「これ…………緑《みどり》の…………」

呼《よ》び出《だ》し音《おん》は数《すう》メートル先《さき》の物置《ものおき》から聞《き》こえているようだ。

「なんで物置《ものおき》から……」

物置《ものおき》に近《ちか》づき、ゆっくりとドアを開《あ》ける。

呼《よ》び出《だ》し音《おん》がさらに大《おお》きくなった。

「緑《みどり》？　いるの？」

雪緒《ゆきお》の言葉《ことば》に返事《へんじ》をする者《もの》はいない。

薄暗《うすぐら》い視界《しかい》の中《なか》、ゆっくりと奥《おく》に進《すす》むと、床《ゆか》に汚《よご》れた毛布《もうふ》が落《お》ちているのに気《き》づいた。

毛布《もうふ》は盛《も》り上《あ》がっており、その形《かたち》は二人《ふたり》の人間《にんげん》が重《かさ》なって倒《たお》れているように見《み》えた。

「な、何《なに》……これ？」

雪緒《ゆきお》の顔《かお》から、すっと血《ち》の気《け》がひいた。

よく見《み》ると、毛布《もうふ》の近《ちか》くに見覚《みおぼ》えのある携帯電話《けいたいでんわ》が落《お》ちていた。その携帯電話《けいたいでんわ》が呼《よ》び出《だ》し音《おん》を鳴《な》らしている。

「まさか……」

雪緒《ゆきお》はノドを鳴《な》らして、毛布《もうふ》をめくった。

そこには、顔《かお》をゆがめて死《し》んでいる緑《みどり》と聖子《せいこ》の姿《すがた》があった。

二人《ふたり》の目《め》は大《おお》きく開《ひら》いていて、口《くち》の中《なか》から紫色《むらさきいろ》の舌《した》がでている。服《ふく》は血《ち》で真《ま》っ赤《か》に染《そ》まっていた。

「ひっ！」

雪緒《ゆきお》は短《みじか》い悲鳴《ひめい》をあげて、その場《ば》にしりもちをついた。

「ど、どうして…………」

全身《ぜんしん》がぶるぶると震《ふる》え出《だ》し、上下《じょうげ》の歯《は》がぶつかって、ガチガチと音《おと》をたてる。

(なんで二人《ふたり》が物置《ものおき》の中《なか》で死《し》んでるの？　用事《ようじ》で家《いえ》に帰《かえ》ったんじゃ…………)

逃《に》げようとしたが、足《あし》が震《ふる》えて立《た》ち上《あ》がることができない。両手《りょうて》と両《りょう》ひざを必死《ひっし》に動《うご》かして、廊下《ろうか》に出《で》ようとする。

雪緒《ゆきお》はドアの内側《うちがわ》が傷《きず》だらけなことに気《き》づいた。とがった刃物《はもの》を使《つか》って、何度《なんど》も刺《さ》したような傷《きず》が取《と》っ手《て》の近《ちか》くについている。

よく見《み》ると、傷《きず》は周囲《しゅうい》の壁《かべ》にもついていた。まるで、物置《ものおき》の中《なか》で誰《だれ》かが刃物《はもの》を振《ふ》り回《まわ》して暴《あば》れたかのようだ。

「これは…………」

「あ、雪緒《ゆきお》ちゃん、ここにいたんだ」

突然《とつぜん》、ドアの前《まえ》にのえるが現《あらわ》れた。のえるはニコニコと笑《わら》いながら、両手《りょうて》を床《ゆか》についている雪緒《ゆきお》を見下《みお》ろした。

「どうしたの？　顔色《かおいろ》が悪《わる》いよ」

「のっ、のえるちゃん。み、緑《みどり》と聖子《せいこ》が……」

がくがくと震《ふる》える手《て》で、雪緒《ゆきお》は緑《みどり》と聖子《せいこ》の死体《したい》を指差《ゆびさ》した。

「そっ、そこで、死《し》んで……」

「ああ……二人《ふたり》はここにいたんだ。ほんと、エミリーも困《こま》ったものだね。うちの中《なか》で殺《ころ》したら、あとが大変《たいへん》なのに」

「エミリー？　エミリーって、あの人形《にんぎょう》のこと？」

「そうだよ」

「のえる……ちゃん」

雪緒《ゆきお》は口《くち》を半開《はんびら》きにしたまま、のえるを凝視《ぎょうし》した。

（どうして、のえるちゃんはこんなに落《お》ち着《つ》いているの？　緑《みどり》と聖子《せいこ》がこの部屋《へや》で死《し》んでいるのに？）

「あの人形《にんぎょう》が二人《ふたり》を殺《ころ》したの？」

雪緒《ゆきお》の質問《しつもん》に、のえるは笑顔《えがお》のまま、首《くび》を縦《たて》に振《ふ》った。

「エミリーはね、普通《ふつう》の人形《にんぎょう》じゃないんだよ」

「普通《ふつう》じゃ………ない？」

「そう。エミリーは私《わたし》が三歳《さい》の時《とき》に、フリマで手《て》に入《い》れたの。そのころは、パパもママも忙《いそが》しくて、私《わたし》は一人《ひとり》ぼっちだったから、すごくうれしかった。エミリーは他《ほか》の人形《にんぎょう》とちがって動《うご》くことができたし」

「動《うご》く？　人形《にんぎょう》が？」

「うん。それに、エミリーと友達《ともだち》になってから、パパの会社《かいしゃ》がうまくいったり、宝《たから》くじがあたったりして、どんどん、うちはお金持《かねも》ちになったの。おかげで、ママは仕事《しごと》をやめて、家《いえ》にいてくれるようになったし、パパも早《はや》く帰《かえ》ってきてくれるようになった。だから、今《いま》はすごく幸《しあわ》せなんだ」

のえるは自分《じぶん》の着《き》ているブランド物《もの》の服《ふく》に視線《しせん》を落《お》とす。

「ただ、問題《もんだい》もあるけどね」

「問題《もんだい》……………？」

「エミリーはすごくやきもち焼《や》きなんだよ。そのせいで、緑《みどり》ちゃんと聖子《せいこ》ちゃんは殺《ころ》されたんだろうね。パパがみんなのことを私《わたし》の友達《ともだち》って、言《い》ってたから」

「あ………………」

雪緒《ゆきお》はリビングの前《まえ》の廊下《ろうか》にエミリーがいたことを思《おも》い出《だ》した。

「そんなことで、緑《みどり》と聖子《せいこ》を？」

「エミリーにとっては、大切《たいせつ》なことだったんだよ」

突然《とつぜん》、のえるの背後《はいご》から、のえるの父親《ちちおや》と母親《ははおや》が現《あらわ》れた。二人《ふたり》は、雪緒《ゆきお》を物置《ものおき》から逃《に》がさないようにドアの前《まえ》に立《た》ちふさがる。

父親《ちちおや》が困《こま》った顔《かお》をして、頭《あたま》をかいた。

「そうか。あの時《とき》の僕《ぼく》の言葉《ことば》をエミリーは廊下《ろうか》で聞《き》いていたのか」

「もう、パパのせいだからね。せっかく、人間《にんげん》の友達《ともだち》ができると思《おも》ったのに」

のえるが唇《くちびる》をとがらせて、父親《ちちおや》に抗議《こうぎ》する。

「これじゃあ、前《まえ》の学校《がっこう》の時《とき》と同《おな》じだよ」

「あの時《とき》も、エミリーがのえるの友達《ともだち》を殺《ころ》したんだったな。死体《したい》を山《やま》に埋《う》めるのは大変《たいへん》だったよ」

父親《ちちおや》はわずかに目《め》を細《ほそ》くする。

「ねえ、パパ。もう、エミリーは捨《す》てたほうがいいんじゃない？　うちの人形《にんぎょう》が人《ひと》を殺《ころ》しているってわかったら、マズイよね？」

「たしかにそうだな。金《かね》も十分《じゅうぶん》手《て》に入《はい》ったし……。でも、いいのかい？　エミリーはのえるの友達《ともだち》なんだろ？」

「別《べつ》にいいよ。この年《とし》で人形遊《にんぎょうあそ》びなんて、おかしいし。それに、人間《にんげん》の友達《ともだち》の作《つく》り方《かた》もわかったからね」

のえるは視線《しせん》を雪緒《ゆきお》に向《む》ける。

「ほんと、残念《ざんねん》だよ。雪緒《ゆきお》ちゃんとも友達《ともだち》になれると思《おも》っていたけど、エミリーのことを知《し》られちゃったし、しょうがないよね」

「しょ、しょうがない？」

雪緒《ゆきお》の口《くち》からかすれた声《こえ》がもれた。

「ま、まさか………」

「だって、このまま、雪緒《ゆきお》ちゃんだけを帰《かえ》すわけにはいかないでしょ？　緑《みどり》ちゃんと聖子《せいこ》ちゃんも不公平《ふこうへい》だって、思《おも》っているだろうし」

のえるは笑《え》みを浮《う》かべたまま、一歩前《いっぽまえ》に出《で》た。その動《うご》きに合《あ》わせるように、のえるの両《りょう》親《しん》も部屋《へや》に入《はい》ってくる。

口紅《くちべに》がぬられた母親《ははおや》の唇《くちびる》が開《ひら》く。

「ごめんね、雪緒《ゆきお》ちゃん。こんなことになって。もっと、あなたたちに料理《りょうり》を食《た》べてもらいたかったんだけど………」

「ひ、ひっ………」

雪緒《ゆきお》はおしりを床《ゆか》につけたまま、ずりずりと物置《ものおき》のすみに下《さ》がった。その姿《すがた》を見《み》て、のえるたちの唇《くちびる》のはしがつり上《あ》がる。

自分《じぶん》が殺《ころ》されるかもしれないという恐怖《きょうふ》で、雪緒《ゆきお》の瞳《ひとみ》から涙《なみだ》が流《なが》れ出《だ》した。

（どうして、こんなことに？　私《わたし》はクリスマスを楽《たの》しくすごしたかっただけなのに）

頭《あたま》の中《なか》に、自分《じぶん》の家《いえ》でやったクリスマスパーティーの光景《こうけい》が浮《う》かんできた。楽《たの》しそうに笑《わら》っている父親《ちちおや》と母親《ははおや》。その笑顔《えがお》は夢中《むちゅう》でケーキを食《た》べていた自分《じぶん》に向《む》けられていた。

家族《かぞく》だけの小《ちい》さなパーティーだったが、雪緒《ゆきお》は幸《しあわ》せだった。

(そうだよ。私《わたし》は、ただ、家族《かぞく》そろってすごせれば、それだけでよかったんだ)

ずるっ………ずるっ………。

突然《とつぜん》、廊下《ろうか》から不気味《ぶきみ》な音《おと》が聞《き》こえてきて、エミリーが姿《すがた》を現《あらわ》した。

エミリーは小《ちい》さな足《あし》を動《うご》かして物置《ものおき》の中《なか》に入《はい》ってくる。その手《て》には巨大《きょだい》な包丁《ほうちょう》がにぎられていた。

雪緒《ゆきお》はエミリーがその包丁《ほうちょう》で、緑《みどり》と聖子《せいこ》を殺《ころ》したんだと理解《りかい》した。

「あっ、エミリー」

のえるが近《ちか》づいてくるエミリーを見《み》て、瞳《ひとみ》を輝《かがや》かせた。

「ちょうどよかった。ここに、雪緒《ゆきお》ちゃんがいるよ。忘《わす》れないでね」

「…………」

エミリーは無言《むごん》で、包丁《ほうちょう》を振《ふ》り上《あ》げた。その刃《は》にはべっとりと血《ち》がついている。

「ひっ！」

エミリーの×印《バツじるし》の目《め》と縫《ぬ》い合《あ》わされた口《くち》を見《み》て、雪緒《ゆきお》の全身《ぜんしん》に鳥肌《とりはだ》が立《た》った。

殺《ころ》されると覚悟《かくご》した瞬間《しゅんかん》、エミリーは包丁《ほうちょう》の刃《は》の先《さき》をのえるに向《む》けた。

「え………？」

のえるが驚《おどろ》いた顔《かお》で、エミリーを見《み》つめた。

「エミリー、どうしたの？　私《わたし》だよ？」

のえるは自分《じぶん》の顔《かお》を指差《ゆびさ》すが、エミリーは包丁《ほうちょう》の先《さき》をのえるに向《む》けたままだ。わずかに首《くび》をかたむけたまま、×印《バツじるし》の目《め》でのえるを見上《みあ》げている。その顔《かお》はのえるに対《たい》して、怒《おこ》っているように見《み》えた。

雪緒《ゆきお》は、さっき、のえるたちが言《い》っていた言葉《ことば》を思《おも》い出《だ》した。

『ねえ、パパ。もう、エミリーは捨《す》てたほうがいいんじゃない？　うちの人形《にんぎょう》が人《ひと》を殺《ころ》しているってわかったら、マズイよね？』

『たしかにそうだな。金《かね》も十分《じゅうぶん》手《て》に入《はい》ったし………。でも、いいのかい？　エミリーは

のえるの友達《ともだち》なんだろ？』

『別《べつ》にいいよ。この年《とし》で人形遊《にんぎょうあそ》びなんて、おかしいし。それに、人間《にんげん》の友達《ともだち》の作《つく》り方《かた》もわかったからね』

（エミリーは、のえるちゃんたちの会話《かいわ》を聞《き》いていたんだ。そして、自分《じぶん》が捨《す》てられるってわかって怒《おこ》ってるのかも）

雪緒《ゆきお》は素早《すばや》く立《た》ち上《あ》がり、エミリーの横《よこ》をすり抜《ぬ》けて、物置《ものおき》から逃《に》げ出《だ》した。

背後《はいご》から、のえるたちの声《こえ》と悲鳴《ひめい》が交互《こうご》に聞《き》こえてくる。

「やっ、やめてっ、エミリー」

「うあああっ！」

「た、助《たす》けてーっ！　ひいいいっ！」

雪緒《ゆきお》は両手《りょうて》で耳《みみ》をふさぎながら、廊下《ろうか》を走《はし》り抜《ぬ》けた。玄関《げんかん》のドアを開《あ》けると、外《そと》は雪《ゆき》が積《つ》もっていた。

（早《はや》く、ここから逃《に》げるんだ！）

白《しろ》くなった景色《けしき》の中《なか》を、雪緒《ゆきお》は必死《ひっし》に走《はし》り続《つづ》けた。

自分《じぶん》の家《いえ》のドアを開《あ》け、雪緒《ゆきお》は玄関《げんかん》でひざをついた。

荒《あら》い呼吸《こきゅう》を整《ととの》えて顔《かお》を上《あ》げると、薄暗《うすぐら》い廊下《ろうか》が見《み》える。

「パ、パパっ、ママっ！」

雪緒《ゆきお》は両親《りょうしん》を呼《よ》びながら、リビングに向《む》かった。しかし、リビングには誰《だれ》もいない。

視線《しせん》を動《うご》かすと、木製《もくせい》のテーブルの上《うえ》にメモがおいてあった。

雪緒《ゆきお》はメモに書《か》かれてあった伝言《でんごん》を確認《かくにん》した。

『早番《はやばん》なので、パートに行《い》ってきます。今日《きょう》も遅《おそ》くなるから、お昼《ひる》ご飯《はん》と夕《ゆう》ご飯《はん》は冷凍庫《れいとうこ》に入《はい》っているグラタンをチンして食《た》べてね。ママより』

「そんな………」

雪緒《ゆきお》は肩《かた》を落《お》として、テーブルの上《うえ》に顔《かお》をふせた。

「なんで、こんな時《とき》に、パパもママもいないの？」

瞳《ひとみ》からぽたりと涙《なみだ》が落《お》ちる。

頭《あたま》の中《なか》に、エミリーに殺《ころ》された緑《みどり》と聖子《せいこ》の姿《すがた》が浮《う》かんでくる。きっと、のえるとのえるの両親《りょうしん》も殺《ころ》されたのだろう。

あの恐《おそ》ろしい人形《にんぎょう》に………。

(こんなに怖《こわ》い目《め》にあっているのに、誰《だれ》も助《たす》けてくれない)

「パパ、ママ……早《はや》く帰《かえ》ってきて……」

そうつぶやきながら、雪緒《ゆきお》は顔《かお》を上《あ》げた。

「あ……」

テーブルの上《うえ》には、いつの間《ま》にか、エミリーがいた。

エミリーは×印《バツじるし》の目《め》で、じっと、雪緒《ゆきお》を見《み》つめている。その服《ふく》は血《ち》で汚《よご》れていた。きっと、のえるたちの血《ち》だろう。

「エ……エミリー……」

かすれた声《こえ》が、雪緒《ゆきお》の口《くち》からもれた。

(まさか、私《わたし》を追《お》いかけて、ここまで……)

テーブルの上《うえ》にある手《て》がガタガタと震《ふる》え出《だ》し、額《ひたい》から、冷《つめ》たい汗《あせ》が流《なが》れ落《お》ちた。

(私《わたし》、エミリーに殺《ころ》されるの？　緑《みどり》たちみたいに……)

その場《ば》から逃《に》げたいと思《おも》っているのに、両足《りょうあし》が床《ゆか》にくっついてしまったかのように動《うご》かない。

自分《じぶん》の死《し》を想像《そうぞう》して、雪緒《ゆきお》の心臓《しんぞう》がどくりと音《おと》をたてる。

（誰《だれ》か助《たす》けて……誰《だれ》か……）

その時《とき》、エミリーが小《ちい》さな手《て》を雪緒《ゆきお》に差《さ》し出《だ》した。

「え……？」

雪緒《ゆきお》は大《おお》きく口《くち》を開《あ》けて、目《め》の前《まえ》にいるエミリーを見《み》つめた。

エミリーは手《て》を差《さ》し出《だ》したまま、じっとしている。雪緒《ゆきお》に危害《きがい》を加《くわ》える気《き》はなさそうだ。

「な……なんで、私《わたし》を殺《ころ》さないの？」

「……」

エミリーは何《なに》も答《こた》えない。

「あ……」

雪緒《ゆきお》は昨日《きのう》、廊下《ろうか》でエミリーに話《はな》しかけたことを思《おも》い出《だ》した。あの時《とき》、雪緒《ゆきお》はエミリーについていたホコリをはらってあげた。

（そのせいで、私《わたし》は殺《ころ》されないのかも）

糸《いと》で縫《ぬ》い合《あ》わされたようなエミリーの口《くち》が微笑《ほほえ》んでいるように見《み》える。差《さ》し出《だ》された手《て》が、『友達《ともだち》になろう』と自分《じぶん》に伝《つた》えているような……。

雪緒《ゆきお》はのえるの言葉《ことば》を思《おも》い出《だ》した。

『エミリーと友達《ともだち》になってから、パパの会社《かいしゃ》がうまくいったり、宝《たから》くじがあたったりして、どんどん、うちはお金持《かねも》ちになったの。おかげで、ママは仕事《しごと》をやめて、家《いえ》にいてくれるようになったし、パパも早《はや》く帰《かえ》ってきてくれるようになった。だから、今《いま》はすごく幸《しあわ》せなんだ』

雪緒《ゆきお》のノドが波打《なみう》つように動《うご》いた。

（エミリーがいれば、パパもママも家《いえ》にいてくれる。私《わたし》は一人《ひとり》ぼっちじゃなくなる）

「エ……エミリー……」

雪緒《ゆきお》は差《さ》し出《だ》されたエミリーの手《て》を、そっとにぎった。

数《すう》か月後《げつご》、雪緒《ゆきお》の家《いえ》の前《まえ》の道路《どうろ》で、近所《きんじょ》の主婦《しゅふ》たちが話《はなし》をしていた。

「ねえ、藤川《ふじかわ》さんのお宅《たく》、最近《さいきん》、羽振《はぶ》りがいいわよね」

「そうね。新《あたら》しい車《くるま》も買《か》っていたし、奥《おく》さんもパートをやめたんでしょ？」

「旦那《だんな》さんも昇進《しょうしん》したみたいだし、ほんと、うらやましいわ」

「お金《かね》がすべてってわけじゃないけど、生活《せいかつ》に余裕《よゆう》があると、家族《かぞく》いっしょにいる時間《じかん》も増《ふ》えるしねぇ」

「そーそー。ほんと、うらやましいわ」

主婦《しゅふ》たちは視線《しせん》をリビングの窓《まど》に向《む》ける。

窓《まど》ガラス越《ご》しに、母親《ははおや》がクッキーをテーブルに並《なら》べている姿《すがた》が見《み》えた。その奥《おく》のソファーには雪緒《ゆきお》が座《すわ》っていた。

雪緒《ゆきお》は笑顔《えがお》で母親《ははおや》と何《なに》かを話《はな》している。

そのとなりには、エミリーが寄《よ》りそうように座《すわ》っていた。

エピローグ

四十一時間目《じかんめ》の授業《じゅぎょう》はこれで終《お》わりです。
クラスメイトのクリスマスパーティーに参加《さんか》した少女《しょうじょ》。
そこで、少女《しょうじょ》は不思議《ふしぎ》な人形《にんぎょう》に出会《であ》いました。
その人形《にんぎょう》は意思《いし》を持《も》ち、自分《じぶん》で動《うご》くことができました。
そして、人形《にんぎょう》は少女《しょうじょ》のクラスメイトやその親《おや》を殺《ころ》したのです。
そんな、恐《おそ》ろしい人形《にんぎょう》ですが、持《も》ち主《ぬし》を幸《しあわ》せにする力《ちから》がありました。
その力《ちから》は、少女《しょうじょ》にとって魅力的《みりょくてき》だったようです。
少女《しょうじょ》は人形《にんぎょう》の持《も》ち主《ぬし》となりました。
少女《しょうじょ》の家《いえ》は裕福《ゆうふく》になり、家族《かぞく》とすごす時間《じかん》が増《ふ》えました。
それは、少女《しょうじょ》にとって、理想《りそう》の家族《かぞく》だったのです。

そんな幸《しあわ》せな家族《かぞく》と、不思議《ふしぎ》な人形《にんぎょう》は暮《く》らしています。
今度《こんど》こそ、いつまでも大切《たいせつ》にされるといいのですが……………。
ところで、皆《みな》さんは、この人形《にんぎょう》、ほしくありませんか？
ちょっと嫉妬《しっと》深《ぶか》いようですが、幸《しあわ》せになれるかもしれませんよ。
もし、ご希望《きぼう》なら、私《わたし》が皆《みな》さんにプレゼントしましょう！

絶叫学級《ぜっきょうがっきゅう》

42時間目《じかんめ》

お兄《にい》ちゃんと一緒《いっしょ》

プロローグ

こんにちは。
さあ、授業《じゅぎょう》を始《はじ》めましょう！
今回《こんかい》はお兄《にい》ちゃんに関係《かんけい》するお話《はなし》です。
お兄《にい》ちゃんって、いいですよね。
おやつをゆずってくれるお兄《にい》ちゃん。
宿題《しゅくだい》を手伝《てつだ》ってくれる頭《あたま》のいいお兄《にい》ちゃん。
家《いえ》の中《なか》で、いっしょに遊《あそ》んでくれるお兄《にい》ちゃん。
そんなお兄《にい》ちゃんがいれば、毎日《まいにち》が楽《たの》しくなると思《おも》いませんか？
え？　そんな優《やさ》しいお兄《にい》ちゃんばかりじゃない？
たしかに、現実《げんじつ》は甘《あま》くないのかもしれません。

弟《おとうと》や妹《いもうと》に無関心《むかんしん》のお兄《にい》ちゃんや、いじわるなお兄《にい》ちゃんもいるのかも………。
そんな、お兄《にい》ちゃんはほしくないですよね？
さて、今回《こんかい》、登場《とうじょう》するお兄《にい》ちゃんは、どんなタイプなのでしょうか。
ページをめくってみましょう！

『私《わたし》の家族《かぞく》
五年《ねん》二組《くみ》　日比野《ひびの》マナ
私《わたし》は、父《ちち》と母《はは》と兄《あに》の四人家族《よにんかぞく》です。
父《ちち》は野球《やきゅう》と釣《つ》りがシュミで、よくつれていってくれます。
母《はは》は、おいしいお菓子《かし》をいつも作《つく》ってくれます。
二人《ふたり》とも、大好《だいす》きです。
だけど、兄《あに》は私《わたし》にイジワルでゲームやまんがを貸《か》してくれません。
宿題《しゅくだい》も教《おし》えてくれないし、いつも、私《わたし》をバカにします。
そんな兄《あに》が、私《わたし》は大《だい》キライです』
神社《じんじゃ》の境内《けいだい》で、日比野《ひびの》マナの作文《さくぶん》を読《よ》んでいた里美《さとみ》は、深《ふか》いため息《いき》をついた。

「マナちゃん、これはダメだよ」

「えっ？　なんでっ？」

友達《ともだち》の里美《さとみ》の言葉《ことば》に、マナは頰《ほお》をふくらませた。頰《ほお》にかかっていたショートボブの髪《かみ》の毛《け》がわずかにゆれる。

「これって、本当《ほんとう》のことなんだよ？　私《わたし》は郁兄《いくにい》が大《だい》キライなんだから」

「それでも、ダメだよ。学校《がっこう》の作文《さくぶん》に、家族《かぞく》の悪口《わるぐち》を書《か》くなんて」

「えーっ！　じゃあ、うそを書《か》けってこと？　そっちのほうがイヤだし」

「でも、先生《せんせい》から書《か》き直《なお》しって言《い》われたんでしょ？　それなら、お兄《にい》ちゃんのこともほめるような内容《ないよう》にしたほうがいいよ」

「それは絶対《ぜったい》にイヤっ！」

マナはぶんぶんと首《くび》を左右《さゆう》に振《ふ》る。

「郁兄《いくにい》は、昨日《きのう》だって、イジワルしたんだよ。私《わたし》がアニメを観《み》てたのに、勝手《かって》にチャンネルを変《か》えてさー」

「へーっ、うちのお兄《にい》ちゃんとはちがうなぁ。うちのお兄《にい》ちゃんはテレビをほとんど観《み》ないから、私《わたし》が好《す》きな番組《ばんぐみ》をいつも観《み》られるよ」

「ほらっ、やっぱり、郁兄《いくにい》だけがひどいんだ！　悪魔《あくま》なんだ！」

「悪魔《あくま》ってほどではないんじゃ………」

不満《ふまん》の声《こえ》をあげているマナを見《み》て、里美《さとみ》は苦笑《くしょう》する。

「でも、本当《ほんとう》にマナちゃんとお兄《にい》ちゃんって、仲《なか》が悪《わる》いんだね。そこまで、仲《なか》が悪《わる》いきょうだいもめずらしいかも」

「ううっ………なんで、うちだけ………」

マナの頭《あたま》の中《なか》に、兄《あに》の姿《すがた》が浮《う》かび上《あ》がった。

兄《あに》の郁実《いくみ》はマナより二歳年上《さいとしうえ》の中学《ちゅうがく》一年生《ねんせい》だ。すらりとした体型《たいけい》をしていて、眉《まゆ》の形《かたち》は妹《いもうと》のマナとそっくりだった。

にやにやと笑《わら》っている郁実《いくみ》の顔《かお》を思《おも》い出《だ》して、マナの頭《あたま》に血《ち》がのぼった。

「やっぱり、郁兄《いくにい》をなんとかするしかない………」

「なんとかって、何《なに》もできないでしょ？　きょうだいなんだからさー」

里美《さとみ》はあきれた顔《かお》で、マナを見《み》た。

「きょうだいは、洋服《ようふく》やおもちゃとはちがうからね。気《き》に入《い》らなくても、捨《す》てたり、交換《こうかん》することはできないんだから」

「そうでもないよ」

そう言《い》うと、マナはランドセルから、本《ほん》を取《と》り出《だ》した。その本《ほん》の表紙《ひょうし》には『願《ねが》いがかなうおまじない』と書《か》かれてあった。

「これ、町《まち》の図書館《としょかん》で借《か》りてきたんだ」

「おまじない？」

「うん。この中《なか》に、いいおまじないがあったんだ。理想《りそう》のお兄《にい》ちゃんを手《て》に入《い》れる方法《ほうほう》が」

マナは本《ほん》を開《ひら》いて、ページをめくった。

「えーと……これこれ。まず、神社《じんじゃ》の境内《けいだい》の中《なか》で、理想《りそう》の人間《にんげん》を地面《じめん》に描《か》くの」

「理想《りそう》の人間《にんげん》って、理想《りそう》のお兄《にい》ちゃんを描《か》くってこと？」

「そうだよ。あんな、イジワルなお兄《にい》ちゃんじゃなくて、優《やさ》しくて、かっこよくて……」

マナは落《お》ちていた木《き》の枝《えだ》を使《つか》って、地面《じめん》に学生服《がくせいふく》を着《き》た男《おとこ》の子《こ》の絵《え》を描《か》いた。その上《うえ》に『理想《りそう》の兄《あに》』と書《か》く。

「えーと………外見《がいけん》はジョニーズの松井君《まついくん》とそっくりがいいな。あと、妹《いもうと》の願《ねが》いをなんでも聞《き》いてくれるって、書《か》いておこう」

「それで、理想《りそう》のお兄《にい》ちゃんになるの？」

「いや、この後《あと》に、おさい銭《せん》をして、祈《いの》らないとダメみたい」

マナはポケットから、サイフを取《と》り出《だ》して、五円玉《えんだま》を神社《じんじゃ》のさい銭箱《せんばこ》に投《な》げ入《い》れた。

「神様《かみさま》………お願《ねが》いします。地面《じめん》に描《か》いたような、優《やさ》しくて、かっこいいお兄《にい》ちゃんをください」

両手《りょうて》を合《あ》わせて祈《いの》り続《つづ》けていると、道路《どうろ》のほうから男《おとこ》の子《こ》の声《こえ》が聞《き》こえてきた。

「マナ、何《なに》してるんだよ？」

振《ふ》り返《かえ》ると、そこにはマナの兄《あに》の郁実《いくみ》がいた。郁実《いくみ》は中学校《ちゅうがっこう》の制服《せいふく》を着《き》ていて、自転車《じてんしゃ》に乗《の》っている。

「あっ！　郁兄《いくにい》」

「あっ、じゃないよ。また、寄《よ》り道《みち》してたな」

郁実《いくみ》は自転車《じてんしゃ》から降《お》りて、マナに近《ちか》づいた。

「学校《がっこう》が終《お》わったら、すぐに帰《かえ》れって、母《かあ》さんから言《い》われてるだろ。神社《じんじゃ》なんかで、何《なに》やってるんだよ？」

「べ、別《べつ》に郁兄《いくにい》には関係《かんけい》ないでしょ！」

マナは、ぷっと頬《ほお》をふくらませた。

「大事《だいじ》な用事《ようじ》があったから、神社《じんじゃ》に来《き》てるんだから」

「大事《だいじ》な用事《ようじ》ってなんだよ？」

「そ、それは………」

「なんか、あやしいなぁ」

郁実《いくみ》はきょろきょろとあたりを見回《みまわ》す。その視線《しせん》が、地面《じめん》に描《えが》かれたマナの絵《え》を見《み》つけて、止《と》まった。

「あっ！」

マナはあわてて、地面《じめん》の絵《え》をかくそうとしたが、郁実《いくみ》はマナを押《お》しのけて、地面《じめん》に顔《かお》を近《ちか》づける。

「………へーっ、理想《りそう》の兄《あに》ねぇ。こんなのを描《か》いていたんだ………」

「ち、ちがうよ。それは、私《わたし》が神社《じんじゃ》に来《く》る前《まえ》から描《か》かれてたから」

「うそだね。おまえの丸《まる》っこい文字《もじ》はすぐにわかるんだよ」

「あ………う………」

言《い》い返《かえ》すこともできずに、マナは口《くち》ごもった。

「やっぱりな。ほんと、おまえって、根暗《ねくら》だよな。こんなことをして」

郁実《いくみ》は短《みじか》く舌打《したう》ちをして、マナを見下《みお》ろした。

「こっちだって、おまえみたいな妹《いもうと》、イヤだよ。今日《きょう》のおやつはないと思《おも》っとけよ」

そう言《い》うと、郁実《いくみ》は自転車《じてんしゃ》に乗《の》って、走《はし》り出《だ》す。

「おやつ………あっ！」

マナは、今朝《けさ》、母親《ははおや》が言《い》っていたことを思《おも》い出《だ》した。

(そうだ！　今日《きょう》はママがプリンを作《つく》ってくれるんだった)

「ごめん、里美《さとみ》。私《わたし》、今《いま》すぐ家《いえ》に帰《かえ》らないと！」

「どうしたの？」

「このままだと、大切《たいせつ》なものが郁兄《いくにい》に取《と》られるんだよ！」

里美《さとみ》に背《せ》を向《む》けて、マナは走《はし》り出《だ》した。

道路《どうろ》に出《で》ると、数十《すうじゅう》メートル先《さき》に、自転車《じてんしゃ》に乗《の》る郁実《いくみ》の後《うし》ろ姿《すがた》が見《み》えた。

「郁兄《いくにい》っ！　私《わたし》のプリン、絶対《ぜったい》に食《た》べたらダメだからねっ！」

郁実《いくみ》を追《お》いかけながら、マナは叫《さけ》ぶ。

マナの声《こえ》が聞《き》こえたのか、郁実《いくみ》は自転車《じてんしゃ》をこぎながら、振《ふ》り返《かえ》った。

「そんなにプリンが食《た》べたいのなら、俺《おれ》より先《さき》に家《いえ》に戻《もど》ればいいだろ」

ペロリと舌《した》をだして、郁実《いくみ》は自転車《じてんしゃ》のペダルを強《つよ》くふんだ。あっという間《ま》にマナとの距《きょ》離《り》が広《ひろ》がっていく。

「ま、待《ま》ってよ！」

マナの声《こえ》を無視《むし》して、郁実《いくみ》はますますスピードを上《あ》げる。すぐに郁実《いくみ》の姿《すがた》が見《み》えなくなってしまった。走《はし》って追《お》いつけるとは、とても思《おも》えない。

「うっ………」

荒《あら》い息《いき》を吐《は》きながら、マナは両手《りょうて》のこぶしをぶるぶると震《ふる》わせる。

（やっぱり、郁兄《いくにい》はイジワルだ。神様《かみさま》、どうか、私《わたし》の願《ねが》いを叶《かな》えてください！　もっと、優《やさ》しいお兄《にい》ちゃんに変《か》えてください！）


次《つぎ》の日《ひ》の朝《あさ》、マナはダイニングで朝食《ちょうしょく》を食《た》べていた。テーブルの反対側《はんたいがわ》にいる父親《ちちおや》が、マナの顔《かお》をのぞき込《こ》んだ。

「マナ、どうしたんだ？　朝《あさ》から機嫌《きげん》が悪《わる》いな」

「…………」

マナは無言《むごん》で、バターをぬったトーストを食《た》べ続《つづ》ける。

「ん？　マナ？」

「あー、気《き》にしなくていいよ」

母親《ははおや》が白《しろ》いカップにコーヒーをそそぎながら、父親《ちちおや》に声《こえ》をかけた。

「昨日《きのう》、郁実《いくみ》とケンカしただけだから」

「またか…………」

父親《ちちおや》はメガネの位置《いち》を整《ととの》えながら、あきれた顔《かお》でマナを見《み》つめる。

「もっと、お兄《にい》ちゃんと仲良《なかよ》くしないとダメだぞ」

「だって、郁兄《いくにい》が悪《わる》いんだもん！」

マナは平手《ひらて》でテーブルをたたいた。

「昨日《きのう》、郁兄《いくにい》は、私《わたし》の分《ぶん》までおやつのプリンを食《た》べたんだよ！」

「プリンぐらいいいじゃないか。郁実《いくみ》も育《そだ》ち盛《ざか》りなんだし」

「私《わたし》だって、育《そだ》ち盛《ざか》りだよ！　というか、妹《いもうと》のおやつを食《た》べるお兄《にい》ちゃんがありえないよ」

昨日《きのう》のことを思《おも》い出《だ》して、マナはぎりぎりと奥歯《おくば》を鳴《な》らす。

（朝《あさ》から、ずっと楽《たの》しみにしてたのに。郁兄《いくにい》のバカバカバカっ！）

母親《ははおや》がマナの頭《あたま》を軽《かる》くなでた。

「プリンなら、また、作《つく》ってあげるから」

「それだけの問題《もんだい》じゃないんだよ！　ママもパパも何《なに》もわかってないよ！」

その時《とき》、リビングのドアが開《あ》いて、郁実《いくみ》の声《こえ》が聞《き》こえてきた。

「おはよー」

（う…………郁兄《いくにい》だ）

マナの体《からだ》がびくりと動《うご》いた。

(何《なに》が、おはよーだよ。もう、口《くち》きいてやんないんだから)

「マナ、早《はや》く朝《あさ》ご飯《はん》食《た》べろよ。兄《にい》ちゃんが学校《がっこう》まで送《おく》ってやるから」

「はぁ？　送《おく》るって何《なに》？　いつも、そんなことしてくれないじゃ………」

怒《いか》りの表情《ひょうじょう》で振《ふ》り返《かえ》ったマナの口《くち》が開《あ》いたまま、停止《ていし》した。

「え………」

マナの目《め》の前《まえ》に、学生服姿《がくせいふくすがた》の見知《みし》らぬ男《おとこ》の子《こ》が立《た》っていた。男《おとこ》の子《こ》は色白《いろじろ》で、髪《かみ》の毛《け》はさらさらだった。目《め》は大《おお》きく、アイドルのようにたんせいな顔立《かおだ》ちをしている。

「だ……誰《だれ》？」

「何《なに》、言《い》ってるんだよ？　俺《おれ》は郁実《いくみ》だよ」

男《おとこ》の子《こ》は不思議《ふしぎ》そうな顔《かお》をして、マナを見《み》つめた。

「もしかして、寝《ね》ぼけているのか？」

「い、いや、だって、郁兄《いくにい》はもっと髪《かみ》がぼさぼさで、日《ひ》に焼《や》けてて……というか、顔《かお》がちがうじゃん！」

「いつもと同《おな》じ顔《かお》だって。髪型《かみがた》も同《おな》じだし」

「え…………」

呆然《ぼうぜん》とするマナの耳《みみ》に、父親《ちちおや》と母親《ははおや》の声《こえ》が聞《き》こえてきた。

「おはよう、郁実《いくみ》」

「おはよう。郁実も早く朝ご飯食べちゃいなさい」

「うん。今日《きょう》はトーストだけでいいよ」

「ダメよ。サラダも食《た》べないと。栄養《えいよう》バランスも大事《だいじ》なんだから」

「じゃあ、ちょっとだけ」

見知《みし》らぬ男《おとこ》の子《こ》と会話《かいわ》している両親《りょうしん》を見《み》て、マナはぱくぱくと口《くち》を動《うご》かした。

(何《なに》これ？　なんで、パパもママも知《し》らない男《おとこ》の子《こ》を郁兄《いくにい》とまちがえているの？　顔《かお》が全《ぜん》然《ぜん》ちがうのに…………)

マナは、ジャムをぬったトーストを頬《ほお》ばっている男《おとこ》の子《こ》を凝視《ぎょうし》した。

(やっぱり、郁兄《いくにい》じゃない。一体《いったい》、誰《だれ》なの？)

朝食《ちょうしょく》を食《た》べ終《お》えた男《おとこ》の子《こ》は、マナの頭《あたま》に手《て》を乗《の》せた。

「ほら、学校《がっこう》に行《い》くぞ、マナ」

「あ、う、うん…………」

こぼれるような男《おとこ》の子《こ》の笑《え》みを見《み》て、マナの顔《かお》が熱《あつ》くなった。

朝《あさ》の太陽《たいよう》が照《て》らす通学路《つうがくろ》を、マナは見知《みし》らぬ男《おとこ》の子《こ》と歩《ある》いていた。

男《おとこ》の子《こ》は自転車《じてんしゃ》を押《お》しながら、マナに声《こえ》をかけた。

「そういえば、俺《おれ》、マナに謝《あやま》らないといけないことがあるんだ」

「えっ、何《なに》？」

「昨日《きのう》のことだよ。俺《おれ》、昨日《きのう》、マナのプリンまで、食《た》べちゃっただろ？」

「あ………う、うん」

「ほんと、ごめんな。今日《きょう》は、俺《おれ》のおやつを食《た》べていいから」

「…………あ、あの…………」

マナはとなりにいる男《おとこ》の子《こ》を見上《みあ》げた。

「ほ、本当《ほんとう》に郁兄《いくにい》なの？」

「当《あ》たり前《まえ》だろ！　今日《きょう》のマナはほんとおかしいなあー」

男《おとこ》の子《こ》はわずかに首《くび》をかたむけて、白《しろ》い歯《は》を見《み》せた。

小学校《しょうがっこう》の校門《こうもん》が見《み》えると、クラスメイトたちがマナのまわりに集《あつ》まってきた。全員《ぜんいん》の視《し》線《せん》がマナのとなりにいる男《おとこ》の子《こ》に集中《しゅうちゅう》する。

「マナ、この人《ひと》、誰《だれ》なの？」

となりの席《せき》のゆみが、マナのセーターを引《ひ》っぱった。

「すごくかっこいいじゃん！　誰《だれ》よ？」

「あ……えーと、お、お兄《にい》ちゃん……かな？」

「え？　マナのお兄《にい》ちゃんって、こんなにかっこよかったの？」

ゆみの言葉《ことば》に、周囲《しゅうい》にいた女《おんな》の子《こ》たちも騒《さわ》ぎ出《だ》す。

「ほんとだ。めちゃくちゃかっこいいよ！」

「うん。ジョニーズの松井君《まついくん》に似《に》ているよね」

「うわー、いいなぁ。私《わたし》もあんなお兄《にい》ちゃんがほしいよ」

女《おんな》の子《こ》たちの熱《あつ》い視線《しせん》を受《う》けて、男《おとこ》の子《こ》はぎこちなく笑《わら》った。その笑顔《えがお》を見《み》て、女《おんな》の子《こ》たちの歓声《かんせい》が大《おお》きくなる。

「じゃあ、マナ。学校《がっこう》が終《お》わったら、遊《あそ》ぼうな」

男《おとこ》の子《こ》はそう言《い》うと、自転車《じてんしゃ》に乗《の》って去《さ》って行《い》った。

「マナっ！」

ゆみが興奮《こうふん》した様子《ようす》で、マナの背中《せなか》をバンバンとたたく。

「なんで教《おし》えてくれなかったのよ。あんなにかっこいいお兄《にい》ちゃんがいるなんて」

「あ……い、いや……それは……」

マナは口《くち》をもごもごと動《うご》かした。

「かっこいい……かな？」

「もちろんだよ。しかも、学校《がっこう》まで送《おく》ってくれたんでしょ？　超優《ちょうやさ》しいじゃん」

他《ほか》のクラスメイトたちも、次々《つぎつぎ》とマナに声《こえ》をかける。

「マナって、いつもお兄《にい》ちゃんの悪口《わるぐち》を言《い》ってたけど、あれ、うそじゃん。かっこよくないとか、イジワルとかさー。わざわざ、自転車《じてんしゃ》を押《お》して、小学校《しょうがっこう》まで送《おく》ってくれたんだよ。うちのお兄《にい》ちゃんとは全然《ぜんぜん》ちがうよ」

「うんうん。あのお兄《にい》ちゃんに文句《もんく》を言《い》うなんて、ありえないから」

「とにかく、お兄《にい》ちゃんのこと、教《おし》えてよ。シュミとか女《おんな》の子《こ》の好《この》みとか」

「私《わたし》も知《し》りたーい！」

クラスメイトたちの質問《しつもん》に答《こた》えながら、マナは心《こころ》の中《なか》で別《べつ》のことを考《かんが》えていた。

（これって、もしかして、昨日《きのう》のおまじないのせい？　神様《かみさま》が私《わたし》の願《ねが》いを叶《かな》えてくれたのかも）


学校《がっこう》から戻《もど》ると、玄関《げんかん》に男《おとこ》の子《こ》が立《た》っていた。

「おかえり、マナ」

「た、ただいま。郁兄《いくにい》で、いいんだよね？」

「当《あ》たり前《まえ》だろ。朝《あさ》から変《へん》だな。マナは」

男《おとこ》の子《こ》はにこにこと笑《わら》いながら、マナの頭《あたま》をなでる。

「今日《きょう》のおやつはシュークリームみたいだぞ。俺《おれ》の分《ぶん》も食《た》べていいからな」

「あ、ありがとう」

「おやつ食《た》べたら、ゲームをしようか！」

「ゲーム？　郁兄《いくにい》と？」

「別《べつ》にきょうだいでゲームをやってもいいだろ？」

「で、でも、私《わたし》と遊《あそ》ぶの、めんどくさいって、前《まえ》に言《い》ってたような………」

「そんなわけないだろ。かわいい妹《いもうと》なんだからさ」

「か………かわいい………」

見知《みし》らぬ男《おとこ》の子《こ》からほめられて、マナの顔《かお》が赤《あか》くなった。


リビングでおやつのシュークリームを食《た》べていると、男《おとこ》の子《こ》が数本《すうほん》のゲームソフトをテーブルの上《うえ》においた。

「遊《あそ》びたいゲームをマナが選《えら》んでいいぞ」

男《おとこ》の子《こ》はそう言《い》うとテレビの前《まえ》に移動《いどう》して、ゲーム機《き》にコントローラーをつなげ始《はじ》めた。

マナは、手《て》についたカスタードクリームをなめながら、テレビの前《まえ》に座《すわ》っている男《おとこ》の子《こ》を見《み》つめた。

（いつもの郁兄《いくにい》なら、こんなこと、絶対《ぜったい》に言《い》わないのに…………）

テーブルの上《うえ》においてあるゲームは、郁実《いくみ》がおこづかいをためて買《か》ったものだった。マナは最近出《さいきんで》たばかりのアクションゲームを手《て》に取《と》った。

（これ、やってみたかったんだよな。前《まえ》は遊《あそ》ばせてくれなかったし）

「マナ、まだかぁ？」

「あ、うん。じゃあ、この新《あたら》しいゲームでいい？」

「おう！　早《はや》く持《も》ってこいよ！」

「うんっ！」

マナはゲームの箱《はこ》を開《あ》けて、ディスクを取《と》り出《だ》そうとした。その時《とき》、ディスクがマナの手《て》から離《はな》れ、床《ゆか》に落《お》ちた。

「あっ！」

マナはあわててディスクを拾《ひろ》い上《あ》げる。表面《ひょうめん》を確認《かくにん》すると、小《ちい》さな傷《きず》がついていた。

マナの顔《かお》が引《ひ》きつった。

（やばい！　郁兄《いくにい》に怒《おこ》られる）

前《まえ》に郁実《いくみ》のゲームソフトに傷《きず》をつけた時《とき》のことを思《おも》い出《だ》した。

『こらっ、マナ！　ゲームに傷《きず》つけたら、遊《あそ》べなくなるだろ。おまえは、俺《おれ》の買《か》ったゲームで遊《あそ》ぶの禁止《きんし》だからな！』

その時《とき》の郁実《いくみ》の言葉《ことば》が、頭《あたま》の中《なか》で再生《さいせい》される。

(どうしよう。絶対《ぜったい》、郁兄《いくにい》に怒《おこ》られるよ)

マナの心臓《しんぞう》の音《おと》が速《はや》くなる。

「マナ、何《なに》してるんだ？」

いつの間《ま》にか、男《おとこ》の子《こ》が近《ちか》くに来《き》ていた。

「ゲームソフトを落《お》としたのか……………」

「ワ、ワザとじゃないもん！」

マナは、びくりと体《からだ》を震《ふる》わせた。

「ちょっと、手《て》がすべっただけで…………」

「そうか。おっちょこちょいだな、マナは」

男《おとこ》の子《こ》はマナの頭《あたま》をなでながら、おだやかに笑《わら》った。

「床《ゆか》に落《お》としたぐらいで壊《こわ》れたりしないから、気《き》にすんなって」

「怒《おこ》らないの？」

「こんなことで、怒《おこ》るわけないだろ。それより、早《はや》く遊《あそ》ぼう！」

男《おとこ》の子《こ》はマナからゲームソフトを受《う》け取《と》り、ゲーム機《き》の中《なか》に入《い》れた。テレビの画面《がめん》にゲームのタイトルが表示《ひょうじ》される。

「よし！　協力《きょうりょく》プレイでやるぞ！　俺《おれ》が剣士《けんし》を使《つか》うから、マナは魔法使《まほうつか》いな」

「う、うん！」

二人《ふたり》は、テレビゲームを始《はじ》めた。

男《おとこ》の子《こ》の操作《そうさ》する剣士《けんし》のキャラクターがモンスターを剣《けん》でなぎはらう。マナも魔法使《まほうつか》いのキャラクターを操作《そうさ》して、モンスターを倒《たお》し始《はじ》めた。

「マナ、回復魔法《かいふくまほう》を使《つか》って！」

「わかった。あっ、郁兄《いくにい》、前《まえ》から、でかいモンスターが来《き》たよ」

「よしっ！　いっしょに必殺技《ひっさつわざ》を使《つか》うぞ！」

「必殺技《ひっさつわざ》って？」

「黄色《きいろ》のボタンを押《お》すんだ。いっしょに押《お》すと、攻撃力《こうげきりょく》が上《あ》がるからな」

「あ、このボタンか」

マナはゲームのコントローラーのボタンを押《お》した。

画面《がめん》の中《なか》のモンスターが炎《ほのお》につつまれ、消《き》えていく。

「やった！　中《ちゅう》ボスを倒《たお》したよ」

「マナ、うまいじゃん！　この調子《ちょうし》で、ラスボスも倒《たお》すぞ！」

「うんっ！」

マナはゲームのキャラクターを操作《そうさ》しながら、となりに座《すわ》っている男《おとこ》の子《こ》をちらりと見《み》る。

(郁兄《いくにい》がこんなに優《やさ》しいなんて。ゲームに傷《きず》をつけても怒《おこ》らなかったし、こうやって、私《わたし》と遊《あそ》んでくれる)

マナは、昨日《きのう》までの郁実《いくみ》の顔《かお》を思《おも》い出《だ》した。

(前《まえ》の郁兄《いくにい》なら、私《わたし》とゲームなんて、してくれなかった。おやつをくれたこともなかったし、いつも、私《わたし》をバカにしてた。あんな、郁兄《いくにい》より、今《いま》の郁兄《いくにい》のほうがいいよ。もう、前《まえ》の郁兄《いくにい》のことなんて、忘《わす》れちゃえ！）

「おいっ、マナ。モンスターがそっちに行《い》ったぞ！」

「あっ、ご、ごめん！」

マナは、あわててゲームのコントローラーを操作《そうさ》した。

その日《ひ》、マナは、夕食《ゆうしょく》の後《あと》も男《おとこ》の子《こ》と楽《たの》しくゲームをして遊《あそ》んだ。


「マナ、いつまで寝《ね》てるの！」

母親《ははおや》が部屋《へや》のベッドで眠《ねむ》っていたマナの肩《かた》を強《つよ》くゆすった。

「早《はや》く起《お》きないと遅刻《ちこく》するよ」

「…………う、うう」

マナはまぶたを半分開《はんぶんひら》いて、母親《ははおや》を見上《みあ》げた。

「う…………あと、五分《ふん》。五分《ふん》でいいから、寝《ね》かせて…………」

「ダメよ！　早《はや》く着替《きが》えて、朝《あさ》ご飯食《はんた》べなさい」

「今日《きょう》は眠《ねむ》いから、朝《あさ》ご飯《はん》はいいよ。だから、もう少《すこ》し、寝《ね》てる…………。いや、もう、今日《きょう》は学校《がっこう》を休《やす》むよ」

「マナっ！」

母親《ははおや》の声《こえ》が大《おお》きくなった。

「眠《ねむ》いのは、昨日《きのう》、遅《おそ》くまでゲームしてたせいでしょ！　それなのに、学校《がっこう》を休《やす》むなんて、何《なに》、バカなこと言《い》ってるの！」

母親《ははおや》はマナの頰《ほお》をぎゅっと引《ひ》っぱった。

「ほら、さっさと着替《きが》えなさい！」

「あう、痛《いた》いよ、ママ」

「あなたが悪《わる》いんでしょ！」

母親《ははおや》の怒鳴《どな》り声《ごえ》が部屋《へや》の中《なか》に響《ひび》いた。


「うーっ、ひどいよ………」

通学路《つうがくろ》を男《おとこ》の子《こ》と歩《ある》きながら、マナは目《め》のふちにたまった涙《なみだ》をぬぐった。

「あんなに怒《おこ》らなくてもいいのに。ママのバカっ！」

「元気《げんき》だしなよ」

となりで自転車《じてんしゃ》を押《お》していた男《おとこ》の子《こ》が、優《やさ》しい声《こえ》で言《い》った。

「母《かあ》さんもマナが学校《がっこう》に遅刻《ちこく》しないようにと思《おも》って、怒《おこ》ったんだと思《おも》うぞ」

「それでも、怒《おこ》りすぎだよ。それに、私《わたし》のほっぺたを引《ひ》っぱったんだよ？　まだ、ちょっと赤《あか》くなってるんだから」

マナは自分《じぶん》のほっぺたを指差《ゆびさ》した。

「それにパパもママの味方《みかた》をして、私《わたし》が悪《わる》いって言《い》うし、ほんと、サイアクだよ」

「ははっ、父《とう》さんは怒《おこ》った母《かあ》さんには逆《さか》らわないからなあ」

「気弱《きよわ》なんだよ。もっと、私《わたし》をかばってくれてもいいのにさ」

「お兄《にい》ちゃんはマナの味方《みかた》だぞ」

「郁兄《いくにい》だけ、味方《みかた》になってくれても意味《いみ》ないよ。家《いえ》の中《なか》じゃ、パパとママのほうが権力《けんりょく》あるし」

深《ふか》いため息《いき》をついて、マナは赤《あか》くなった頬《ほお》をさする。

「ママがもっと優《やさ》しかったらなあー」

「優《やさ》しい？」

「うん。寝坊《ねぼう》しても怒《おこ》らなくて、学校《がっこう》も好《す》きな時《とき》に休《やす》ませてくれるようなママがいいよ。あと、おやつも一日《にち》二回《かい》作《つく》ってくれて、ピーマンを食《た》べなくてもゆるしてくれるママだったら、最高《さいこう》だよ」

「そんな母《かあ》さんがほしいのか？」

「もちろんだよ。あと、パパはもうちょっとかっこいいほうがいいな。メガネはかけてなくてさー。あと、おこづかいを増《ふ》やしてくれるとか」

「かっこいい父《とう》さんか……」

男《おとこ》の子《こ》は考《かんが》え込《こ》むような声《こえ》をだした。

「やっぱり、かっこいい親《おや》のほうがいいのかな？」

「うん。それに若《わか》いほうがいいよ。友達《ともだち》にも自慢《じまん》できるしさ。パパはかっこよくて、ママは美人《びじん》なのが理想《りそう》かな」

マナは男《おとこ》の子《こ》の質問《しつもん》に答《こた》えた。

「あーあ。そんなパパとママだったらよかったのになぁ。現実《げんじつ》はつらいよ」

「…………」

父親《ちちおや》と母親《ははおや》の文句《もんく》を言《い》い続《つづ》けるマナの言葉《ことば》を、男《おとこ》の子《こ》は無言《むごん》で聞《き》いていた。

学校《がっこう》が終《お》わり、マナは一人《ひとり》で通学路《つうがくろ》を歩《ある》いていた。人《ひと》の姿《すがた》はなく、夕陽《ゆうひ》が周囲《しゅうい》の景色《けしき》をオレンジ色《いろ》に染《そ》めている。

「ママ……まだ、怒《おこ》っているかな？」

朝《あさ》の母親《ははおや》の怒《おこ》り顔《がお》が頭《あたま》の中《なか》に浮《う》かび上《あ》がってくる。

（たしかに、夜更《よふ》かししたのは私《わたし》が悪《わる》いけど、もっと、優《やさ》しく起《お》こしてくれてもいいのに）

「きっと、今日《きょう》のおやつはないんだろうなあー」

いつの間《ま》にか、マナは家《いえ》にたどり着《つ》いていた。

（しょうがない。ちゃんと、ママに謝《あやま》るか。ずっと、おやつ抜《ぬ》きはイヤだし）

マナはため息《いき》をついて、玄関《げんかん》のドアを開《あ》けた。

「ただいまぁー」

「おかえり、マナ」

目《め》の前《まえ》に、見《み》たことのない男《おとこ》の人《ひと》と女《おんな》の人《ひと》がいた。男《おとこ》の人《ひと》はすらりと背《せ》が高《たか》く、白《しろ》いシャツにネクタイをつけている。女《おんな》の人《ひと》は色白《いろじろ》で、母親《ははおや》がいつも使《つか》っているエプロンをしていた。

「え…………？」

マナは両目《りょうめ》を見開《みひら》いたまま、口《くち》をぱくぱくと動《うご》かした。

「…………だ、誰《だれ》ですか？」

「おいおい、パパとママにきまってるだろ？」

男《おとこ》の人《ひと》が笑《わら》いながら、マナの肩《かた》に手《て》をおいた。

「また、変《へん》なこと言《い》ってるな」

「えっ？　で、でも、私《わたし》のパパはもっと背《せ》が低《ひく》いし、メガネをかけていて。ママだって、こんなに若《わか》くないよ」

「まあ、若《わか》いって言《い》ってくれて、うれしいわ」

女《おんな》の人《ひと》が目《め》を細《ほそ》めて、微笑《ほほえ》んだ。

「ちょっと、お化粧《けしょう》を変《か》えたせいかしら」

「は、はぁ？　ちがうよ。私《わたし》のママとあなたは顔《かお》が全然《ぜんぜん》ちがうから」

「ふふっ、おかしな子《こ》ねぇ」

「新《あたら》しい遊《あそ》びか何《なに》かじゃないのか。学校《がっこう》で流行《はや》っているとか」

男《おとこ》の人《ひと》がそう言《い》うと、女《おんな》の人《ひと》もパンと両手《りょうて》をたたく。

「あ、そういうことか。ママ、びっくりしたよ」

「いや、そんなんじゃ………」

マナの額《ひたい》から、冷《つめ》たい汗《あせ》が流《なが》れ落《お》ちる。

（どうなってるの？　この人《ひと》たちが私《わたし》のパパやママのはずがないのに………）

その時《とき》、背後《はいご》のドアが開《ひら》き、男《おとこ》の子《こ》が家《いえ》の中《なか》に入《はい》ってきた。

「あっ！　郁兄《いくにい》、この人《ひと》たちが………」

「ただいま、父《とう》さん、母《かあ》さん」

「えっ？」

男《おとこ》の子《こ》の言葉《ことば》に、マナの表情《ひょうじょう》が固《かた》まる。

「郁兄《いくにい》っ、何《なに》、言《い》ってんの？　私《わたし》たちのパパとママはもっと、年取《としと》っているし、顔《かお》も全然《ぜんぜん》ちがうじゃん！」

「そりゃ、そうだよ。新《あたら》しい父《とう》さんと母《かあ》さんなんだから」

「新《あたら》しいって…………あっ！」

マナは、男《おとこ》の子《こ》が右手《みぎて》に本《ほん》を持《も》っていることに気《き》づいた。その本《ほん》は、マナが町《まち》の図書館《としょかん》で借《か》りてきたおまじないの本《ほん》だった。

「郁兄《いくにい》、その本《ほん》…………」

「ああ、これ、マナの部屋《へや》で見《み》つけたんだ」

男《おとこ》の子《こ》はおだやかな目《め》をして、本《ほん》のページをめくる。

「なかなかおもしろい本《ほん》だね。理想《りそう》の人間《にんげん》を手《て》に入《い》れることができるおまじないもあったし」

「ま、まさか……郁兄《いくにい》がおまじないで、パパとママを？」

「うん。マナが前《まえ》の親《おや》を気《き》に入《い》ってなかったからね」

男《おとこ》の子《こ》は新《あたら》しい両親《りょうしん》に視線《しせん》を向《む》ける。

新《あたら》しい両親《りょうしん》は、目《め》を細《ほそ》めたまま、マナに笑《わら》いかけた。

「マナ、朝《あさ》はごめんね。今日《きょう》から、何時間《なんじかん》でもゲームをやっていいから」

「学校《がっこう》も休《やす》んでいいぞ。学校《がっこう》には、パパがちゃんと電話《でんわ》してやるからな。それに、おこづかいも増《ふ》やしてやる」

「新《あたら》しい洋服《ようふく》も買《か》ってあげるわね。マナ、新《あたら》しいスカート、ほしがっていたでしょ？」

新《あたら》しい両親《りょうしん》の言葉《ことば》を聞《き》いて、男《おとこ》の子《こ》が微笑《びしょう》する。

「よかったな、マナ。これで、理想《りそう》の家族《かぞく》がそろったぞ」

「理想《りそう》の…………家族《かぞく》？」

「ああ。優《やさ》しいお兄《にい》ちゃんの俺《おれ》に、なんでも言《い》うことを聞《き》いてくれる両親《りょうしん》。どっちも、マナが望《のぞ》んでいたことだろ？」

「あ…………」

マナは、今朝《けさ》、自分《じぶん》が言《い》ったことを思《おも》い出《だ》した。

（そうだ。私《わたし》、郁兄《いくにい》の前《まえ》で、理想《りそう》のパパとママの話《はなし》をしたんだ。それを聞《き》いて、郁兄《いくにい》があのおまじないを神社《じんじゃ》でやったんだ）

マナの背中《せなか》に汗《あせ》がにじむ。

（本物《ほんもの》のパパとママはどこにいるの？　それに、本物《ほんもの》の郁兄《いくにい》も…………）

「顔色《かおいろ》が悪《わる》いぞ、マナ」

男《おとこ》の子《こ》がマナの顔《かお》をのぞき込《こ》む。

「ひっ！」

短《みじか》い悲鳴《ひめい》をあげて、マナはその場《ば》から逃《に》げ出《だ》した。一気《いっき》に階段《かいだん》を駆《か》け上《あ》がり、自分《じぶん》の部《へ》屋《や》に入《はい》る。カギをかけて、ドアを押《お》さえていると、男《おとこ》の子《こ》たちの声《こえ》が聞《き》こえてきた。

「マナ、突然《とつぜん》、どうしたんだよ？」

「ここを開《あ》けて、マナ」

「マナ、出《で》ておいで。おこづかいをあげるから」

コンコンとドアをノックする音《おと》が聞《き》こえてくる。

コンコン、コンコン、コンコン、コンコン…………。

その音《おと》を聞《き》きたくなくて、マナは両手《りょうて》で耳《みみ》をふさいだ。

（こんなのイヤだ。パパとママがあんな人《ひと》たちに変《か》わっちゃうなんて）

部屋《へや》の中《なか》の光景《こうけい》が涙《なみだ》でぼやける。

「どうしよう………私《わたし》のせいで、こんなことに………」

がたがたと体《からだ》を震《ふる》わせながら、マナはドアから離《はな》れた。

「とにかく、どこかに逃《に》げないと………」

視線《しせん》の先《さき》に窓《まど》が見《み》える。

「そうだ！　窓《まど》から屋根《やね》を伝《つた》って、外《そと》に出《で》ればいいんだ」

マナはあわてて、窓《まど》に駆《か》け寄《よ》った。

窓《まど》のカギを開《あ》けようとした時《とき》、体《からだ》が机《つくえ》にぶつかり、その上《うえ》においてあった写真《しゃしん》立《た》てが倒《たお》れた。中《なか》に入《はい》っている写真《しゃしん》を見《み》て、マナの動《うご》きが止《と》まる。その写真《しゃしん》は、マナと郁実《いくみ》、そして、両親《りょうしん》が家《いえ》の前《まえ》で笑《わら》っている写真《しゃしん》だった。

「あ………」

写真《しゃしん》の中《なか》で笑《わら》う郁実《いくみ》の顔《かお》が、大《おお》きく開《あ》けたマナの瞳《ひとみ》に飛《と》び込《こ》んできた。

マナの頭《あたま》の中《なか》に、郁実《いくみ》との思《おも》い出《で》が浮《う》かび上《あ》がる。

五歳《さい》の時《とき》、公園《こうえん》で転《ころ》んで足《あし》をケガしたマナを、郁実《いくみ》が家《いえ》までおぶってくれた。

小学《しょうがく》二年生《ねんせい》の時《とき》、同級生《どうきゅうせい》の男《おとこ》の子《こ》にいじめられていたマナを、郁実《いくみ》が助《たす》けてくれた。

小学四年生《しょうがくよねんせい》の時《とき》、ほしかったゲームソフトを、となりの町《まち》まで郁実《いくみ》が探《さが》しに行《い》ってくれた。

「郁兄《いくにい》………」

マナの瞳《ひとみ》から、大《おお》つぶの涙《なみだ》がこぼれた。

(ずっと、忘《わす》れてた。郁兄《いくにい》との思《おも》い出《で》はイヤなことだけじゃなかった。楽《たの》しいこともたくさんあったのに………)

「ごめん、郁兄《いくにい》」

手《て》の甲《こう》で涙《なみだ》をぬぐって、マナは窓《まど》の外《そと》を見《み》た。数百《すうひゃく》メートル先《さき》に神社《じんじゃ》の鳥居《とりい》が見《み》える。

「郁兄《いくにい》たちを元《もと》に戻《もど》さないと………」

(神社《じんじゃ》に行《い》けば、何《なに》かわかるかもしれない。私《わたし》の家族《かぞく》を戻《もど》す方法《ほうほう》を見《み》つけるんだ!)

マナは唇《くちびる》を強《つよ》く結《むす》んで、窓《まど》のカギを開《あ》けた。

誰《だれ》もいない神社《じんじゃ》の境内《けいだい》に、マナは足《あし》を踏《ふ》み入《い》れた。すでに太陽《たいよう》はしずんでいて、周囲《しゅうい》は薄暗《うすぐら》くなっている。

地面《じめん》を見回《みまわ》すと、一昨日《おととい》、マナが描《か》いた理想《りそう》の兄《あに》の絵《え》が見《み》つかった。

その横《よこ》には男《おとこ》の人《ひと》と女《おんな》の人《ひと》の絵《え》が追加《ついか》されていて、男《おとこ》の人《ひと》の絵《え》のまわりには『若《わか》くてかっこいいパパ』『おこづかいを増《ふ》やしてくれる』と書《か》いてあり、女《おんな》の人《ひと》の絵《え》のまわりには『若《わか》くて美人《びじん》なママ』『優《やさ》しい』と書《か》かれてあった。

「あった…………」

マナは地面《じめん》に描《えが》かれた絵《え》を足《あし》でふみつけた。しかし、何度《なんど》ふみつけても絵《え》は消《き》えない。

「どうしてっ！　どうして、消《き》えないの？」

「ここにいたのか、マナ」

背後《はいご》から、声《こえ》が聞《き》こえてきた。振《ふ》り返《かえ》ると、あの男《おとこ》の子《こ》が笑《わら》って立《た》っている。そのとなりには家《いえ》の中《なか》で見《み》た男《おとこ》の人《ひと》と女《おんな》の人《ひと》がいた。

男《おとこ》の子《こ》は目《め》を細《ほそ》めて、マナに近《ちか》づいてくる。

「マナっ、どうして、絵《え》を消《け》そうとするんだ？　マナが望《のぞ》んでいた家族《かぞく》だろ？」

「あ、あなたは誰《だれ》なの？」

「俺《おれ》は郁実《いくみ》だよ。君《きみ》のお兄《にい》ちゃんさ」

「ちがうっ！　あなたは郁兄《いくにい》じゃない！」

マナは眉《まゆ》をつり上《あ》げて、男《おとこ》の子《こ》をにらみつけた。

「どうして、こんなことするの？　パパとママを返《かえ》してよ！」

「変《へん》なマナだなぁ。全部《ぜんぶ》、君《きみ》が望《のぞ》んだことじゃないか」

「私《わたし》が望《のぞ》んだこと？」

「そうだよ。俺《おれ》は『妹《いもうと》の願《ねが》いをなんでも聞《き》いてくれる』お兄《にい》ちゃんさ。君《きみ》がそう書《か》いただろ？」

男《おとこ》の子《こ》はマナの足下《あしもと》にあるお兄《にい》ちゃんの絵《え》を指差《ゆびさ》した。

「だから、俺《おれ》はマナの願《ねが》いを叶《かな》えてあげたんだ。本《ほん》に書《か》いてあったおまじないを使《つか》ってね」

「…………パパとママはどこ？　郁兄《いくにい》はどこにいるの？」

「そんなことを聞《き》いて、どうするんだい？　もう、新《あたら》しい家族《かぞく》がいるのにさ」

「いいから、会《あ》わせてよ！　私《わたし》の本当《ほんとう》の家族《かぞく》に！」

マナは右手《みぎて》で男《おとこ》の子《こ》の胸《むね》を押《お》した。

ぐらりと男《おとこ》の子《こ》の体《からだ》がかたむいて、地面《じめん》にあおむけに倒《たお》れた。その瞬間《しゅんかん》、男《おとこ》の子《こ》の体《からだ》が土色《つちいろ》になり、くだけ散《ち》った。

「えっ？」

見開《みひら》いたマナの瞳《ひとみ》に、砂《すな》を固《かた》めて作《つく》ったような男《おとこ》の子《こ》の頭部《とうぶ》が映《うつ》る。胴体《どうたい》や手足《てあし》はなくなっていて、周囲《しゅうい》の地面《じめん》に砂《すな》が散《ち》らばっている。

「す……砂《すな》？」

「あははは……」

頭部《とうぶ》だけになった男《おとこ》の子《こ》の口《くち》から、笑《わら》い声《ごえ》がもれた。

「そっか。マナは前《まえ》の家族《かぞく》に会《あ》いたいのか。それがマナの望《のぞ》みなら、会《あ》わせてあげないとね」

男《おとこ》の子《こ》がそう言《い》うと同時《どうじ》に、マナの両足《りょうあし》がずぼりと地面《じめん》の中《なか》に埋《う》まった。

「えっ？　な、何《なに》、これ？」

マナは足《あし》に力《ちから》を入《い》れたが、地面《じめん》から両足《りょうあし》は抜《ぬ》けない。それどころか、動《うご》けば動《うご》くほど、逆《ぎゃく》にマナの体《からだ》が埋《う》まっていく。

「う、うそ……」

いつの間《ま》にか、マナの下《か》半身《はんしん》は完全《かんぜん》に地面《じめん》に埋《う》まってしまった。

「ひ、ひっ！」

マナは手《て》で何《なに》かをつかもうとするが、周囲《しゅうい》の地面《じめん》はさらさらの砂《すな》に変《か》わっている。まるで、巨大《きょだい》なアリジゴクに落《お》ちてしまったかのようだ。

「たっ、助《たす》けて！」

マナが叫《さけ》ぶと、男《おとこ》の子《こ》の声《こえ》が、どこからともなく聞《き》こえてきた。

「どうして？　マナの願《ねが》いを叶《かな》えてあげているのに」

「私《わたし》は家族《かぞく》に会《あ》わせてって、言《い》ったんだよ！」

「だから、今《いま》、会《あ》わせようとしているじゃないか」

「何《なに》を言《い》って………」

その時《とき》、マナの指《ゆび》に硬《かた》いものがあたった。視線《しせん》を向《む》けると、それは、父親《ちちおや》がかけていたメガネだった。

「これ………パパのメガネ………。ま、まさか………」

マナはしずんでいく自分《じぶん》の体《からだ》を凝視《ぎょうし》した。

（もしかして、パパもママも郁兄《いくにい》も、この砂《すな》の中《なか》に？）

「ひ、ひっ！」

一気《いっき》にマナの体《からだ》が首《くび》まで砂《すな》の中《なか》に埋《う》まる。パラパラと砂《すな》が頬《ほお》にあたり、口《くち》の中《なか》にも入《はい》ってくる。

「うっ…………」

マナの目《め》から、涙《なみだ》がこぼれ落《お》ちる。

（ご、ごめんなさい、神様《かみさま》。もう、理想《りそう》の家族《かぞく》なんていりません。だから…………）

砂《すな》だらけになった口《くち》を開《ひら》いて、マナは叫《さけ》んだ。

「元《もと》に戻《もど》してっ！　パパとママと郁兄《いくにい》を戻《もど》してよっ！」

「マナ、泣《な》いているの？」

男《おとこ》の子《こ》の声《こえ》が聞《き》こえてくる。

「どうして？　マナの言《い》うとおりにしてあげたのに…………」

「ちがう！　私《わたし》の本当《ほんとう》の願《ねが》いは、パパとママと郁兄《いくにい》を戻《もど》してくれることだよ！　あなたたちなんかいらない！」

「いらない？」

「そうだよ。私《わたし》の前《まえ》から消《き》えてっ！」

その瞬間《しゅんかん》、強《つよ》い風《かぜ》が吹《ふ》き、周囲《しゅうい》の砂《すな》が舞《ま》い上《あ》がる。

目《め》や鼻《はな》や口《くち》に大量《たいりょう》の砂《すな》が入《はい》り込《こ》み、マナは意識《いしき》を失《うしな》った。


ふっと目《め》を開《あ》けると、白《しろ》い天井《てんじょう》が見《み》えた。

「あれ？ ここは……………」

「目《め》が覚《さ》めたんだね」

白衣《はくい》を着《き》た男《おとこ》の人《ひと》が、マナを見下《みお》ろしていた。

「ここは病院《びょういん》で、私《わたし》は医者《いしゃ》だよ。君《きみ》たちは神社《じんじゃ》の境内《けいだい》で倒《たお》れていたんだ」

「倒《たお》れていた……………」

マナは視線《しせん》を左右《さゆう》に動《うご》かす。どうやら、ベッドの上《うえ》に寝《ね》かされているようだ。

「そ、そうだ。パパとママ、郁兄《いくにい》は？」

「大丈夫《だいじょうぶ》だよ。君《きみ》の家族《かぞく》もみんな無事《ぶじ》だ」

医者《いしゃ》が、横《よこ》に並《なら》んでいる三《みっ》つのベッドを指差《ゆびさ》した。そこには父親《ちちおや》、母親《ははおや》、郁実《いくみ》が毛布《もうふ》をかけられて眠《ねむ》っていた。

上半身《じょうはんしん》を起《お》こして、マナは三人《にん》の顔《かお》を確認《かくにん》した。

(私《わたし》のパパとママだ。郁兄《いくにい》も本物《ほんもの》だ)

「多分《たぶん》、すぐに目《め》を覚《さ》ますよ。全員《ぜんいん》が砂《すな》まみれだったけど、体《からだ》に異常《いじょう》はなかったからね」

「………よかった」

マナはほっと胸《むね》をなで下《お》ろす。

(あの男《おとこ》の子《こ》が、私《わたし》の願《ねが》いを叶《かな》えてくれたのかな?)

砂《すな》に埋《う》もれていた時《とき》、自分《じぶん》が言《い》った言葉《ことば》を思《おも》い出《だ》す。

『私《わたし》の本当《ほんとう》の願《ねが》いは、パパとママと郁兄《いくにい》を戻《もど》してくれることだよ! あなたたちなんかいらない!』

(もしかして、悪《わる》い子《こ》じゃなかったのかもしれない。ただ、私《わたし》の願《ねが》いを叶《かな》えようとしただけで………)

「そうだ。悪《わる》いのは私《わたし》だったんだ。自分《じぶん》のわがままで、こんなことに………」

マナはベッドの上《うえ》で眠《ねむ》っている家族《かぞく》を見《み》つめた。
（ごめんなさい、パパ、ママ、郁兄《いくにい》。もう、理想《りそう》の家族《かぞく》がほしいなんて、絶対《ぜったい》に言《い》わないから）

『私《わたし》の家族《かぞく》
五年《ねん》二組《くみ》　日比野《ひびの》マナ
私《わたし》は、父《ちち》と母《はは》と兄《あに》の四人家族《よにんかぞく》です。
父《ちち》は野球《やきゅう》と釣《つ》りがシュミで、よくつれていってくれます。
母《はは》は、おいしいお菓子《かし》をいつも作《つく》ってくれます。
二人《ふたり》とも、大好《だいす》きです。
だけど、二歳年上《さいとしうえ》の兄《あに》とは、しょっちゅうケンカしています。
おやつのうばい合《あ》いなんて、毎日《まいにち》です。
でも、たまに優《やさ》しいところもあるんです。
私《わたし》はそんな兄《あに》が大好《だいす》きです』

数日後《すうじつご》、神社《じんじゃ》の境内《けいだい》におかれているベンチに腰《こし》を下《お》ろして、マナは書《か》き直《なお》した自分《じぶん》の作《さく》文《ぶん》を読《よ》んでいた。

「よし！　こんなもんかな」

自分《じぶん》の書《か》いた作文《さくぶん》に満足《まんぞく》して、何度《なんど》もうなずく。

「これを明日《あした》、先生《せんせい》に提出《ていしゅつ》すれば、バッチリだね」

作文《さくぶん》をランドセルにしまっていると、本殿《ほんでん》の裏《うら》のほうから男《おとこ》の子《こ》の話《はな》し声《ごえ》が聞《き》こえてきた。

「あれ？　この声《こえ》って……………」

マナは足音《あしおと》をしのばせて、声《こえ》のする方向《ほうこう》に移動《いどう》した。視《し》線《せん》の先《さき》に郁実《いくみ》の姿《すがた》があった。

郁《いく》実《み》は学生服《がくせいふく》を着《き》た男《おとこ》の子《こ》と話《はなし》をしている。どうやら、友達《ともだち》のようだ。

マナの耳《みみ》に、郁実《いくみ》たちの声《こえ》が届《とど》く。

「いいなぁ。田沢《たざわ》ん家《ち》の妹《いもうと》はかわいくてさー」

「そうかな？　普通《ふつう》だと思《おも》うぞ」

「いやいや。絶対《ぜったい》かわいいって。それに、礼儀《れいぎ》正《ただ》しくて、おとなしくて、兄貴《あにき》のおまえを尊敬《そんけい》しているじゃないか」

「おまえの妹《いもうと》だって、かわいいだろ？　たしか、名前《なまえ》はマナちゃんだったよな」

「名前《なまえ》は合《あ》ってるけど、かわいくはないよ。わがままでがさつだしさ」

郁実《いくみ》は深《ふか》いため息《いき》をついた。

「だから、あんなことをしたんだけどな」

「あんなことって、さっき、地面《じめん》に描《か》いてた落書《らくが》きか？」

「ああ。クラスの女子《じょし》の間《あいだ》で流行《はや》っているおまじないみたいなんだよ」

郁実《いくみ》はカバンの中《なか》から、一冊《いっさつ》の本《ほん》を取《と》り出《だ》した。その本《ほん》は、前《まえ》にマナが図書館《としょかん》で借《か》りた本《ほん》だった。

「この本《ほん》のおまじないの中《なか》に、理想《りそう》の妹《いもうと》を手《て》に入《い》れる方法《ほうほう》があったんだ。神社《じんじゃ》の境内《けいだい》の中《なか》で、地面《じめん》に理想《りそう》の妹《いもうと》を描《か》いてさー、あとはおさい銭《せん》をして、祈《いの》ればいいみたいだけど」

「なんか、うそっぽいなぁー」

「まあ、ちょっとした遊《あそ》びだよ。前《まえ》に、うちの妹《いもうと》もそんなことしてたからさ」

二人《ふたり》は笑《わら》いながら、神社《じんじゃ》から去《さ》って行《い》った。

（何《なに》？　今《いま》の会話《かいわ》………）

マナは郁実《いくみ》たちが話《はな》していた場所《ばしょ》に走《はし》り寄《よ》った。周囲《しゅうい》の地面《じめん》を確認《かくにん》すると、髪《かみ》の長《なが》い女《おんな》の子《こ》の絵《え》が描《か》かれてあった。その絵《え》のまわりには郁実《いくみ》の字《じ》で『かわいい』『素直《すなお》な妹《いもうと》』『兄《あに》を尊敬《そんけい》している』と書《か》かれてあった。

「あ………」

マナの顔《かお》から血《ち》の気《け》がひいた。

「郁兄《いくにい》、何《なに》を描《か》いてんのよっ！　冗談《じょうだん》でも、こんなことをしたら………」

その時《とき》、背後《はいご》に人《ひと》の気配《けはい》を感《かん》じた。

マナが振《ふ》り向《む》くと、髪《かみ》の長《なが》い女《おんな》の子《こ》が立《た》っていた。女《おんな》の子《こ》はわずかに首《くび》をかたむけたまま、まばたきもせずにマナを見《み》つめている。

「まさか………」

マナはその女《おんな》の子《こ》が、地面《じめん》に描《えが》かれた郁実《いくみ》の理想《りそう》の妹《いもうと》だと気《き》づいた。

「ひ、ひっ！」

逃《に》げようとしたマナは、女《おんな》の子《こ》に首《くび》を両手《りょうて》でつかまれた。恐怖《きょうふ》のあまり呼吸《こきゅう》ができずに、周囲《しゅうい》の景色《けしき》がぼやける。

「た…………助《たす》け…………」

マナの声《こえ》がとぎれ、視界《しかい》のすべてが真《ま》っ白《しろ》になった。

エピローグ

四十二時間目《じかんめ》の授業《じゅぎょう》が終了《しゅうりょう》しました。

兄《あに》とケンカばかりしていた少女《しょうじょ》。

少女《しょうじょ》は理想《りそう》の兄《あに》がほしいと思《おも》いました。

そして、本《ほん》に書《か》かれたおまじないを使《つか》って、理想《りそう》の兄《あに》を手《て》に入《い》れたのです。

優《やさ》しくて、かっこいい兄《あに》を…………。

新《あたら》しい兄《あに》は、少女《しょうじょ》の願《ねが》いをなんでも叶《かな》えてくれました。

しかし、その兄《あに》は本当《ほんとう》の兄《あに》ではありません。

どんなに優《やさ》しくて、かっこよくても、ずっといっしょに暮《く》らしてきた兄《あに》とはちがう何《なに》かなのです。

理想《りそう》の兄《あに》は、少女《しょうじょ》の願《ねが》いを叶《かな》えて、消《き》えていきました。

しかし、ハッピーエンドにはならなかったようですね。
今度《こんど》は、兄《あに》が理想《りそう》の妹《いもうと》をほしがってしまったようです。
さて、皆《みな》さんも、理想《りそう》の家族《かぞく》がほしいと思《おも》いましたか？
もし、ほしいのなら、おまじないをためしてみたら、いかがでしょう。

絶叫学級《ぜっきょうがっきゅう》

43時間目《じかんめ》

ピンポン女《おんな》

プロローグ

こんにちは。

闇《やみ》の授業《じゅぎょう》にようこそ！

さて、皆《みな》さんは一人《ひとり》でお留守番《るすばん》をしている時《とき》、
何《なに》をしていますか？

学校《がっこう》の宿題《しゅくだい》？

明日《あした》の授業《じゅぎょう》の予習《よしゅう》？

それとも、家《いえ》のお手伝《てつだ》いでしょうか？

そんなまじめな子《こ》もいるでしょうけど、遊《あそ》んでいる子《こ》のほうが多《おお》そうですね。

誰《だれ》にも文句《もんく》を言《い》われずに、テレビゲームをやったり、まんがを読《よ》んだりするのは、楽《たの》しそうです。

自分《じぶん》の好《す》きなように時間《じかん》を使《つか》えるって、幸《しあわ》せですよね。
でも、お留守番《るすばん》って、怖《こわ》いと思《おも》ったことはありませんか？
薄暗《うすぐら》い家《いえ》の中《なか》で一人《ひとり》っきり。
何《なに》が起《お》こっても、誰《だれ》も助《たす》けてくれません。
そんな状況《じょうきょう》で、チャイムが鳴《な》ったらどうします？
あなたは、玄関《げんかん》のドアを開《あ》ける勇気《ゆうき》がありますか？

五年《ねん》三組《くみ》の教室《きょうしつ》で、小倉《おぐら》ヒカリは無言《むごん》でイスに座《すわ》っていた。細《ほそ》い眉《まゆ》がつり上《あ》がり、ふくらんだほっぺたに、セミロングの髪《かみ》の毛《け》がふれている。

「どうしたの？　ヒカリ」

となりの席《せき》に座《すわ》っていた友達《ともだち》のあずさが、ヒカリの顔《かお》をのぞき込《こ》んだ。

「朝《あさ》から不機嫌《ふきげん》だねー。もしかして、また、ママとケンカしたの？」

「そうだよ！」

ヒカリは、平手《ひらて》で目《め》の前《まえ》の机《つくえ》をバシバシとたたいた。

「ほんと、うちのママ、サイアクだよ！　もう、一生《いっしょう》、口《くち》をきいてやらないんだから」

「それは言《い》いすぎだよ。どうせ、ヒカリが悪《わる》いんだろうし」

「私《わたし》は悪《わる》くないもん！　テレビゲームをしてただけなのに」

「テレビゲーム？」

「うん。『妖怪《ようかい》ハンター4《フォー》』だよ。この前《まえ》の日曜日《にちようび》に買《か》ったんだ」

「へーっ、あれ、難《むずか》しいんだよね。うちのクラスでクリアできた子《こ》いないんだよなあ」

「それが、もうちょっとでクリアできたんだよ！　それなのに、ママが……」

ヒカリは昨日《きのう》の出来事《できごと》を思《おも》い出《だ》した。

ヒカリは、リビングにある大型《おおがた》のテレビの前《まえ》で、テレビゲームをしていた。
父親《ちちおや》も母親《ははおや》も仕事《しごと》で、家《いえ》にはヒカリだけだった。
液晶画面《えきしょうがめん》に表示《ひょうじ》された巨大《きょだい》な妖怪《ようかい》を見《み》て、ヒカリは瞳《ひとみ》を輝《かがや》かせた。
「やった！　ついにラスボスだよ。こいつを倒《たお》せばクリアだ！」
コントローラーを持《も》つ手《て》に力《ちから》を入《い》れて、ヒカリはボタンを連打《れんだ》した。ヒカリの操作《そうさ》する
キャラクターが剣《けん》を振《ふ》り回《まわ》し、妖怪《ようかい》を斬《き》りつける。
『ぐあああっ』
テレビから妖怪《ようかい》の苦《くる》しむ声《こえ》が聞《き》こえてくる。

「よし！　あと少《すこ》しで倒《たお》せる！」

（長《なが》かったなぁ。ラスボスのステージまで、三時間以上《じかんいじょう》もかかったし。でも、ついに、クリアできるんだ！）

その時《とき》、白《しろ》い手《て》がにゅっと伸《の》びてきて、床《ゆか》においてあったゲーム機《き》のボタンを押《お》した。

テレビに映《うつ》っていた妖怪《ようかい》が消《き》え、画面《がめん》が真《ま》っ暗《くら》になった。

「あああああああっ！」

ヒカリは悲鳴《ひめい》をあげて、コントローラーを床《ゆか》に落《お》とした。ぽかんと口《くち》を開《あ》けたまま、真《ま》っ暗《くら》になった画面《がめん》を凝視《ぎょうし》する。

「な、なんで……………」

「ヒカリっ！」

突然《とつぜん》、ヒカリの頭上《ずじょう》から、どなり声《ごえ》が聞《き》こえてきた。顔《かお》を上《あ》げると、そこには、眉《まゆ》をぴくぴくと動《うご》かしている母親《ははおや》の姿《すがた》があった。

「ママの声《こえ》が聞《き》こえなかったの？　ずっと『ただいま』って言《い》ってたのに」

「そんなのどうだっていいよっ！」

ヒカリは怒《いか》りの表情《ひょうじょう》で立《た》ち上《あ》がった。

「ママ、どういうつもり？　もう少《すこ》しでクリアだったのに、ゲームの電源《でんげん》を消《け》すなんて、ありえないよ」

「ありえないのはあなたでしょ」

母親《ははおや》は、窓《まど》の外《そと》に干《ほ》してあった洗濯物《せんたくもの》を指差《ゆびさ》した。

「私《わたし》が帰《かえ》ってくるまでに、洗濯物《せんたくもの》を取《と》り込《こ》んでおいてって、頼《たの》んでいたよね？」

「そっ、それは、ゲームが終《お》わってからやろうと思《おも》ってたんだよ」

「じゃあ、宿題《しゅくだい》は？　宿題《しゅくだい》も夕《ゆう》ご飯《はん》の前《まえ》に終《お》わらせる約束《やくそく》だったよね？」

「うっ…………」

ヒカリの顔《かお》がこわばった。

「も、もう、宿題《しゅくだい》は終《お》わったから」

「へーっ、ランドセルから教科書《きょうかしょ》もノートも出《だ》してないのに？」

母親《ははおや》は、リビングのすみに転《ころ》がっているランドセルをちらりと見《み》た。

「本当《ほんとう》は、まだ、宿題《しゅくだい》やってないんでしょ？」

「う…………」

ヒカリは無言《むごん》になって、視線《しせん》を母親《ははおや》からそらした。

母親《ははおや》のため息《いき》が、ヒカリの耳《みみ》に届《とど》いた。

「なんで、すぐわかるようなうそをつくの？」

「だ、だって、ゲームをやりたかったんだもん！　今《いま》、クラスで人気《にんき》なんだよ。このゲーム。クリアできたら、みんなに自慢《じまん》できたのに」

「そんなことを自慢《じまん》してどうすんの？　どうせなら、いい成績《せいせき》をとって、自慢《じまん》しなさい！」

「ママはわかってないよ。子供《こども》にとって、ゲームがうまいことも大切《たいせつ》なことなんだよ」

ヒカリは両手《りょうて》をこぶしの形《かたち》に変《か》えて、力説《りきせつ》した。

「ママが電源《でんげん》を消《け》さなかったら、クリアできたのに。三時間《じかん》の苦労《くろう》が水《みず》のあわだよ」

「三時間《じかん》っ？　ゲームは一日《にち》一時間《じかん》って、約束《やくそく》でしょ？」

「あっ…………」

あわてて口元《くちもと》を押《お》さえたヒカリを、母親《ははおや》はにらみつけた。

「わかった。ママとの約束《やくそく》を守《まも》れないってことね」

母親《ははおや》は、ゲーム機《き》のコンセントをはずして、両手《りょうて》で持《も》ち上《あ》げた。

「わわっ、な、何《なに》をしてるの？」

「ゲーム機《き》を捨《す》てるのよ。ヒカリが約束《やくそく》を守《まも》らないから」

「えっ！　そんなのひどいよ」

「ひどくありません。ヒカリが悪《わる》いんだから」

「ママのバカっ！　そんなことしたら、もう、ママとは口《くち》をきかないからね」

「どうぞ、どうぞ」

母親《ははおや》はゲーム機《き》を持《も》って、リビングから出《で》て行《い》った。


「じゃあ、昨日《きのう》から、ママと話《はな》してないの？」

あずさの質問《しつもん》に、ヒカリは大《おお》きく首《くび》を縦《たて》に振《ふ》った。

「もう、一生《いっしょう》、ママとは話《はな》さないつもりだから」

「また、ムチャ言《い》ってるよ。そんなこと、できるわけないのに」

あずさはあきれた顔《かお》で、ため息《いき》をついた。

「早《はや》く仲直《なかなお》りしたほうがいいと思《おも》うよ。きっと、ヒカリのことを思《おも》って、ゲームをどこかにかくしたんだろうし」

「ちがうよ。ママは私《わたし》にいじわるしたいだけなんだよ！」

「そんなこと、あるわけないから。母親《ははおや》が子供《こども》にいじわるなんて、しないって」

「うちのママは特別《とくべつ》なんだよ。だいたい、家《いえ》のルールが多《おお》すぎだし。ふだんから、あれやれ、これやれってさー。留守番《るすばん》の時《とき》ぐらい、好《す》きにしたいよ」

「あー、それはあるかもね。家《いえ》で一人《ひとり》の時《とき》ぐらいは、私《わたし》もゆったりしたいしさー」

「そうだよ！　ほんと、うちのママはきびしすぎだから。この前《まえ》だってさー……」

ヒカリは先生《せんせい》が来《く》るまで母親《ははおや》の悪口《わるぐち》を言《い》い続《つづ》けた。

ヒカリの家《いえ》はマンションの三階《がい》にあった。エレベーターで三階《がい》に上《あ》がり、持《も》っていたカギを使《つか》って家《いえ》の中《なか》に入《はい》る。

「ただいまーって……誰《だれ》もいないけどね」

ヒカリは靴《くつ》を脱《ぬ》いで、母親《ははおや》の部屋《へや》に移動《いどう》する。

「さてと…………まずは、ゲーム機《き》探《さが》しからだな」

クローゼットを開《あ》けると、重《かさ》ねておかれた段《だん》ボール箱《ばこ》が見《み》えた。その段《だん》ボール箱《ばこ》を一《ひと》つずつ開《あ》けていく。その中《なか》の一《ひと》つにゲーム機《き》が入《はい》っていた。

「やっぱりここか。甘《あま》いよ。この家《いえ》のことは、なんでもお見通《みとお》しなんだから」

ヒカリは段《だん》ボール箱《ばこ》からゲーム機《き》を取《と》り出《だ》し、にんまりと笑《わら》う。

「さてと、ママが帰《かえ》ってくるまで、あと三時間《じかん》はあるし、今日《きょう》こそ、ラスボスを倒《たお》して、ゲームクリアだ！」


ゲームの画面《がめん》がリビングのテレビに映《うつ》し出《だ》されると、ヒカリは満足《まんぞく》げに首《くび》を縦《たて》に振《ふ》った。

「よし！　接続《せつぞく》もばっちり！」

テレビの前《まえ》に座《すわ》って、となりのガラステーブルの上《うえ》においていたポテトチップスを口《くち》に運《はこ》ぶ。

「うーん、やっぱ、ゲームをしながら、ポテチを食《た》べるのって、最高《さいこう》のぜいたくだよね。では、始《はじ》めますか」

ヒカリはゲームのスタートボタンを親指《おやゆび》で押《お》した。

ピンポーン。

突然《とつぜん》、玄関《げんかん》の方向《ほうこう》からチャイムの音《おと》が聞《き》こえてきた。

「ん？　チャイム？」

ヒカリはゲームのポーズボタンを押《お》して、廊下《ろうか》に出《で》た。

ピンポーン、ピンポーン。

チャイムの音《おと》は、どうやら、となりから聞《き》こえているようだ。

「なんだ。となりの家《いえ》か……」

ヒカリはリビングに戻《もど》って、ゲームを再開《さいかい》した。

ピンポーン、ピンポーン、ピンポーン。

「しつこいなー。となりの人《ひと》、きっと留守《るす》なんだよ。もう、あきらめればいいのに」


ピンポーン。

チャイムの音《おと》が大《おお》きくなった。

「あれ？　今度《こんど》はうちか………」

もう一度《ど》、ゲームのポーズボタンを押《お》して、ヒカリは廊下《ろうか》に移動《いどう》した。

「誰《だれ》だろう？　となりでチャイムを鳴《な》らしてたってことは、回覧板《かいらんばん》か何《なに》かかな？」

ピンポーン、ピンポーン、ピンポーン。

チャイムは一定《いってい》の間隔《かんかく》で、鳴《な》り続《つづ》けている。

ヒカリは母親《ははおや》の言葉《ことば》を思《おも》い出《だ》した。

『ヒカリ、お留守番《るすばん》の時《とき》に、知《し》らない人《ひと》が来《き》たら、でなくていいからね』

「しょうがないなぁ………」

足音《あしおと》をしのばせて、玄関《げんかん》のドアに近《ちか》づく。ドアスコープからそっとのぞくと、ドアの前《まえ》には誰《だれ》もいなかった。

「あれ？　誰《だれ》もいないじゃん」

ヒカリはドアスコープの前《まえ》で、ぱちぱちとまぶたを動《うご》かした。

「変《へん》だな。さっきまでチャイムが鳴《な》ってたのに………」

ドアに耳《みみ》をくっつけてみたが、外《そと》からはなんの音《おと》も聞《き》こえない。

「まあ、いっか。それより、ゲームの続《つづ》きをやらないと」

ヒカリは玄関《げんかん》から離《はな》れて、リビングに向《む》かった。


次《つぎ》の日《ひ》の放課後《ほうかご》、ヒカリは友達《ともだち》のあずさとりなといっしょに通学路《つうがくろ》を歩《ある》いていた。

ヒカリが昨日《きのう》の出来事《できごと》を話《はな》すと、りながポンと両手《りょうて》をたたいた。

「あーっ、それ、ピンポンダッシュだよ」

「ピンポンダッシュ？」

「別《べつ》に用事《ようじ》もない家《いえ》のチャイムを鳴《な》らして、逃《に》げる遊《あそ》びだよ。もちろん、そんなこと、やったらダメだけどね。前《まえ》にうちのクラスの男子《だんし》がやってて、先生《せんせい》に怒《おこ》られてたじゃん」

「あー、そういえば、怒《おこ》られてたなぁ」

ヒカリは先生《せんせい》に怒《おこ》られていた男《おとこ》の子《こ》たちの姿《すがた》を思《おも》い出《だ》した。

「でもさ、足音《あしおと》もしなかったんだよね。それも変《へん》じゃない？」

「ドアが金属製《きんぞくせい》だから、聞《き》こえなかっただけじゃない？　それに、いたずらなら、足音《あしおと》がしないように逃《に》げるだろうしさ」

「うーん、うちの家《いえ》って、マンションの三階《がい》なのに、わざわざ、いたずらをするために、そこまで来《く》るかなー」

「同《おな》じマンションに住《す》む子供《こども》がやったのかもね」

あずさが、ヒカリとりなの話《はなし》に割《わ》って入《はい》った。

「あのマンション、子供《こども》も多《おお》いからさ」

「そう……かな？」

「まあ、そんなことを気《き》にするよりも、ヒカリはママと仲直《なかなお》りすることを考《かんが》えたほうがいいよ。まだ、ケンカしてるんでしょ？」

「う……」

あずさの言葉《ことば》に、ヒカリの眉間《みけん》に深《ふか》いしわが寄《よ》った。

あずさたちと別《わか》れて一人《ひとり》になったヒカリは、家《いえ》に向《む》かって歩《ある》き始《はじ》めた。頭《あたま》の中《なか》に母親《ははおや》の姿《すがた》が浮《う》かんでくる。

「ふんだ。まだ、ゆるしてないもんね。ママから謝《あやま》ってくるまでは、絶対《ぜったい》に口《くち》をきいてあげないんだから」

ぶつぶつと文句《もんく》を言《い》っていると、背後《はいご》から、ヒカリの名《な》を呼《よ》ぶ声《こえ》が聞《き》こえてきた。

「ヒカリちゃん」

その声《こえ》にヒカリは聞《き》き覚《おぼ》えがあった。振《ふ》り返《かえ》ると、近《ちか》くの中学校《ちゅうがっこう》の制服《せいふく》を着《き》た女《おんな》の子《こ》が立《た》っていた。

「あっ、望《のぞみ》お姉《ねえ》ちゃん」

ヒカリは望《のぞみ》に駆《か》け寄《よ》った。

望《のぞみ》は去年《きょねん》までヒカリと同《おな》じ登校班《とうこうはん》のリーダーで、いっしょに小学校《しょうがっこう》に通《かよ》っていた女《おんな》の子《こ》だった。肩《かた》まで届《とど》いている髪《かみ》の毛《け》はきれいにセットされていて、背《せ》も去年《きょねん》より伸《の》びている。

すっかり女《おんな》の子《こ》らしくなった望《のぞみ》を見《み》て、ヒカリは瞳《ひとみ》を輝《かがや》かせた。

「わーっ、中学校《ちゅうがっこう》の制服《せいふく》だ。いいなー」

「あはは。制服《せいふく》はかわいいけど、勉強《べんきょう》が大変《たいへん》だよ。毎日《まいにち》、予習《よしゅう》と復習《ふくしゅう》をしないと、授業《じゅぎょう》についていけなくなるからね」

「そっかー。中学《ちゅうがく》の勉強《べんきょう》は難《むずか》しそうだからなぁー」

「まあ、しょうがないことだけどね」

望《のぞみ》が目《め》を細《ほそ》めて、微笑《ほほえ》んだ。

「それより、さっき、チャイムの話《はなし》をしてなかった？」

「あ、聞《き》いてたんだ。昨日《きのう》、うちの家《いえ》のチャイムを鳴《な》らした人《ひと》がいたんだよ。見《み》に行《い》ったら、誰《だれ》もいなかったんだけど」

「そう……誰《だれ》もいなかったんだ……」

「それが、どうかしたの？　望《のぞみ》お姉《ねえ》ちゃん」

「いや、チャイムに関係《かんけい》した怖《こわ》い話《はなし》があったから」

「怖《こわ》い話《はなし》？」

「うん……」

望《のぞみ》の声《こえ》が低《ひく》くなった。

「あのね。都市伝説《としでんせつ》のサイトで見《み》たんだけど、何年《なんねん》か前《まえ》、風邪《かぜ》をひいた子供《こども》を一人《ひとり》で留守《るす》番《ばん》させた母親《ははおや》がいたらしいの。で、その母親《ははおや》が仕事《しごと》から戻《もど》ったら、子供《こども》は肺炎《はいえん》を起《お》こしていて、死《し》んでいたらしいの」

「死《し》んで……………た？」

「うん。それで、責任《せきにん》を感《かん》じた母親《ははおや》は電車《でんしゃ》に飛《と》び込《こ》んで自殺《じさつ》したんだよ」

「自殺《じさつ》………」

ヒカリの頭《あたま》の中《なか》に、電車《でんしゃ》に飛《と》び込《こ》む女《おんな》の人《ひと》の姿《すがた》が浮《う》かび上《あ》がった。

「そ、それで、どうなったの？」

「その後《あと》、死《し》んだ母親《ははおや》は幽霊《ゆうれい》になって、今《いま》でも子供《こども》が一人《ひとり》で留守番《るすばん》している家《いえ》を見《み》つけて、『中《なか》に入《い》れて』って、チャイムを押《お》し続《つづ》けるの」

「チャイムを押《お》し続《つづ》ける………」

ヒカリのノドが、波《なみ》のようにうねった。

（そういえば、昨日《きのう》のチャイムも、ずっと鳴《な》り続《つづ》けていた。私《わたし》が玄関《げんかん》に行《い》くまで………）

ヒカリの肩《かた》を望《のぞみ》がつかんだ。

「とにかく、一人《ひとり》で留守番《るすばん》している時《とき》は注意《ちゅうい》したほうがいいよ。もし、その母親《ははおや》がチャイムを鳴《な》らしていたら、絶対《ぜったい》にドアを開《あ》けちゃダメ。あの世《よ》につれて行《い》かれちゃうから」

真剣《しんけん》な顔《かお》をした望《のぞみ》を見《み》て、ヒカリの背中《せなか》に汗《あせ》がにじむ。

（まさか、昨日《きのう》、うちの家《いえ》のチャイムを鳴《な》らしていたのは、女《おんな》の人《ひと》の幽霊《ゆうれい》？）

「の、望《のぞみ》お姉《ねえ》ちゃん、その話《はなし》、本当《ほんとう》なの？」

「うーん、どうだろう。あくまでも都市伝説《としでんせつ》だからね。作《つく》り話《ばなし》もあるかもしれないけど、気《き》をつけたほうがいいと思《おも》うよ。その中《なか》にはホンモノもあるだろうから」

「ホンモノ……」

ヒカリの顔《かお》から、すっと血《ち》の気《け》がひいた。


カギを使《つか》って家《いえ》の中《なか》に入《はい》ると、薄暗《うすぐら》い廊下《ろうか》が見《み》えた。

「今日《きょう》も、ママたちは帰《かえ》っていないか……」

靴《くつ》を脱《ぬ》いで、リビングに移動《いどう》する。

ドアを開《あ》けると、ひんやりとした空気《くうき》がヒカリの頬《ほお》にあたった。ぶるりとヒカリの体《からだ》が震《ふる》える。

（望《のぞみ》お姉《ねえ》ちゃんが、あんな話《はなし》をするから、留守番《るすばん》が怖《こわ》くなったじゃん）

ふと、母親《ははおや》のことを思《おも》い出《だ》す。

「……べ、別《べつ》にママに早《はや》く帰《かえ》ってきてほしいなんて、思《おも》ってないし」

強《つよ》がりを言《い》いながら、ランドセルを床《ゆか》におく。

(今日《きょう》はゲームをやる気《き》にならないし、あずさん家《ち》に遊《あそ》びに行《い》こうかな。そうすれば、一人《ひとり》じゃないし)

「うん。そうしよう!」

ヒカリはリビングを出《で》て、玄関《げんかん》に向《む》かった。

ドアを開《あ》けようとした時《とき》、コツン、コツンと外《そと》から音《おと》が聞《き》こえてきた。

ヒカリの体《からだ》がびくりと反応《はんのう》する。

「あ……足音《あしおと》?」

コツン、コツン、コツン……。

足音《あしおと》は数《すう》メートル前《まえ》で止《と》まり、となりのドアが開《ひら》く音《おと》がした。

ヒカリはふっと、息《いき》をもらす。

「なんだ。となりの家《いえ》の人《ひと》か。ははっ」

（やっぱり、望《のぞみ》お姉《ねえ》ちゃんの話《はなし》を気《き》にしてたのかな？　あんなのうそにきまってるのに）

「きっと、いつもハイヒールをはいている女《おんな》の人《ひと》だろうな」

苦笑《くしょう》しながら、ドアスコープをのぞく。

その瞬間《しゅんかん》、ヒカリの呼吸《こきゅう》が停止《ていし》した。

ドアスコープのむこうに、血走《ちばし》った人間《にんげん》の目《め》が見《み》えたのだ。

「ひっ！」

ヒカリは短《みじか》い悲鳴《ひめい》をあげて、ドアから離《はな》れた。心臓《しんぞう》の音《おと》が大《おお》きくなり、呼吸《こきゅう》が荒《あら》くなる。

「な、何《なに》？　今《いま》の……………」

ピンポーン。

チャイムの音《おと》が聞《き》こえてきた。

ピンポーン、ピンポーン。

望《のぞみ》の声《こえ》が頭《あたま》の中《なか》で再生《さいせい》された。

『死《し》んだ母親《ははおや》は幽霊《ゆうれい》になって、今《いま》でも子供《こども》が一人《ひとり》で留守番《るすばん》している家《いえ》を見《み》つけて、「中《なか》に入《い》れて」って、チャイムを押《お》し続《つづ》けるの』

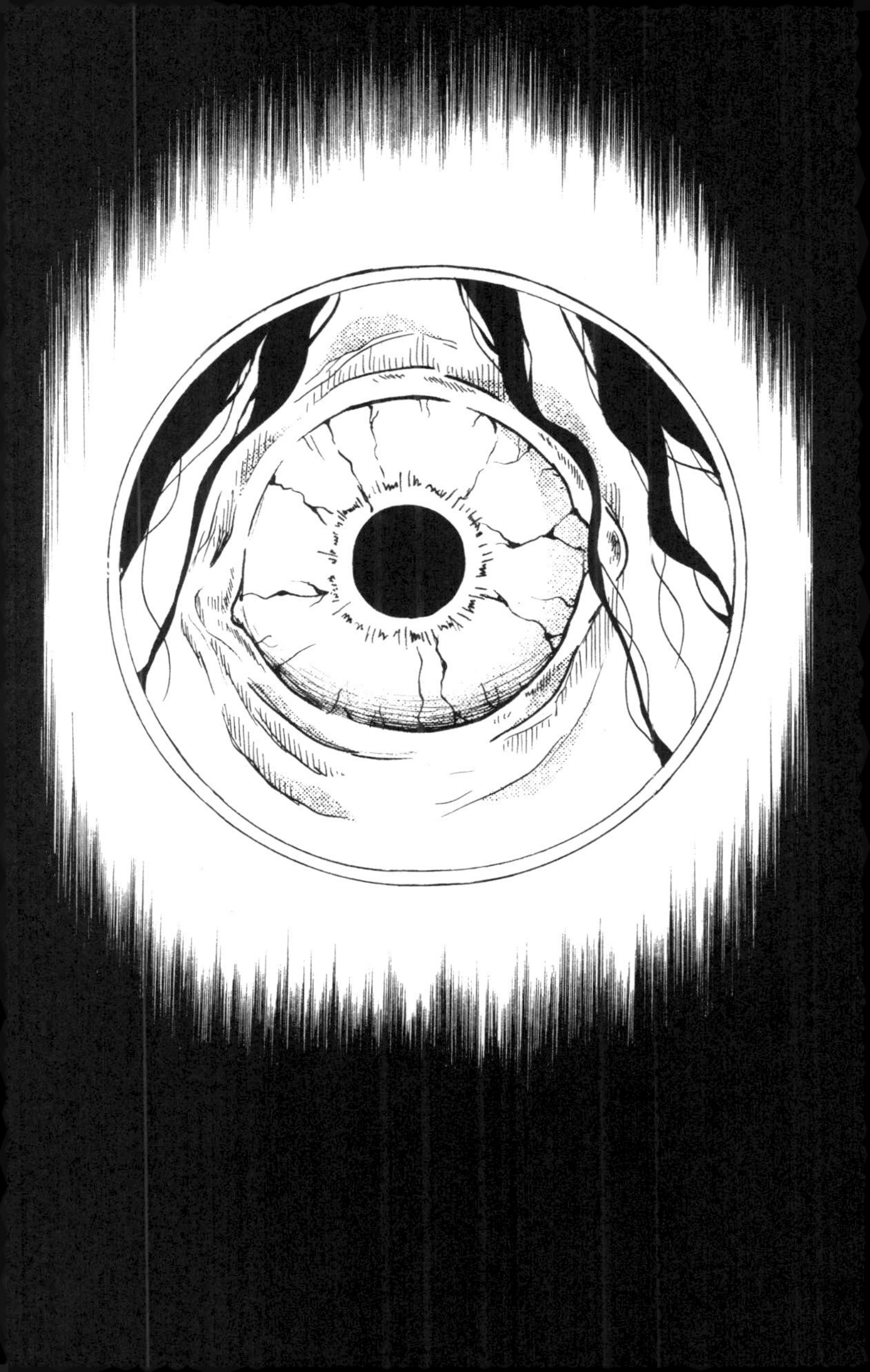

ピンポーン、ピンポーン、ピンポーン。

「あ………あああっ！」

ヒカリは悲鳴《ひめい》をあげて、玄関《げんかん》から逃《に》げ出《だ》した。

廊下《ろうか》を走《はし》り、自分《じぶん》の部屋《へや》に入《はい》ると、ベッドの上《うえ》で毛布《もうふ》をかぶって、体《からだ》を丸《まる》める。

ピンポーン、ピンポーン、ピンポーン。

「た、助《たす》けて………誰《だれ》か………」

カチカチと歯《は》を鳴《な》らしながら、ヒカリは涙《なみだ》を流《なが》した。

ピンポーン、ピンポーン、ピンポーン………。

永遠《えいえん》に続《つづ》くかのように、チャイムは鳴《な》り続《つづ》けた。


その日《ひ》の夜《よる》、リビングで本《ほん》を読《よ》んでいた父親《ちちおや》に、ヒカリは話《はな》しかけた。

「パパ………」

「ん？　どうした？　ヒカリ」

父親《ちちおや》は本《ほん》から目《め》を離《はな》して、ヒカリを見《み》つめる。

「顔色《かおいろ》が悪《わる》いな。風邪《かぜ》でもひいたのか？」

「そんなんじゃないけど…………」

「じゃあ、なんなんだ？」

「パパ、明日《あした》から早《はや》く帰《かえ》ってきてよ」

「早《はや》く帰《かえ》ってって、何《なに》かあったのか？」

「うちに変《へん》な人《ひと》が来《き》たんだよ。ずっと、チャイムを鳴《な》らしてて。もしかしたら…………」

望《のぞみ》から聞《き》いた都市伝説《としでんせつ》の話《はなし》をしようとしたが、父親《ちちおや》の顔《かお》を見《み》て、ヒカリの声《こえ》がとぎれた。

(ダメだ。大人《おとな》にあんな話《はなし》をしても、信《しん》じてくれない)

「とにかく、早《はや》く帰《かえ》ってきてよ」

「うーん。でもなぁ。今《いま》は仕事《しごと》が忙《いそが》しいから…………」

父親《ちちおや》は眉《まゆ》を寄《よ》せる。

「そうだ！　ママに頼《たの》んでみたらどうだ？」

「ママ？」

「ああ。ママならパパよりも早《はや》く帰《かえ》ってこられると思《おも》うぞ。ママーっ、ヒカリが…………」

台所《だいどころ》にいる母親《ははおや》を呼《よ》ぼうとした父親《ちちおや》を、ヒカリが止《と》めた。

「もういいよっ！」

父親《ちちおや》に背《せ》を向《む》けて、ヒカリはリビングを出《で》る。

(ママに頼《たの》むなんて、絶対《ぜったい》にイヤだ。今《いま》、ケンカをしているのに)

薄暗《うすぐら》い廊下《ろうか》で、ヒカリは唇《くちびる》を強《つよ》くかみしめた。


次《つぎ》の日《ひ》の放課後《ほうかご》、ヒカリはあずさに声《こえ》をかけた。

「ねえ、あずさ。今日《きょう》、いっしょに遊《あそ》ばない？　あずさん家《ち》に行《い》くから」

「えっ？　私《わたし》の家《いえ》に？」

あずさは教科書《きょうかしょ》をランドセルにつめていた手《て》を止《と》めた。

「うーん、私《わたし》も遊《あそ》びたいけど、今日《きょう》はダメだよ。塾《じゅく》があるから」

「そ、そっか。じゃあ、りなは？」

ヒカリは、近《ちか》くにいたりなに視線《しせん》を向《む》ける。

「りなは塾《じゅく》に通《かよ》ってないよね？」

「うん。でも、今日《きょう》は私《わたし》も無理《むり》だなあ。家族《かぞく》で外食《がいしょく》だから」

「そっ……か」

ヒカリはがくりと肩《かた》を落《お》とした。


夕陽《ゆうひ》に照《て》らされた通学路《つうがくろ》を、ヒカリは一人《ひとり》で歩《ある》いていた。

(どうしよう。また、留守番《るすばん》の時《とき》にチャイムが鳴《な》ったら……)

昨日《きのう》、ドアスコープから見《み》えた血走《ちばし》った目《め》を思《おも》い出《だ》して、体《からだ》がぶるりと震《ふる》える。

(きっと、女《おんな》の人《ひと》の幽霊《ゆうれい》が、私《わたし》をあの世《よ》につれて行《い》こうとしているんだ)

その時《とき》、ヒカリの肩《かた》を背後《はいご》から白《しろ》い手《て》がつかんだ。

「ひ、ひっ!」

悲鳴《ひめい》をあげて振《ふ》り返《かえ》ると、目《め》の前《まえ》に望《のぞみ》が立《た》っていた。

「あ……望《のぞみ》お姉《ねえ》ちゃんか……」

ヒカリはへなへなとその場《ば》にしゃがみ込《こ》んだ。その姿《すがた》を見《み》て、望《のぞみ》が驚《おどろ》いた顔《かお》になる。

「どうしたの? ヒカリちゃん」

「い、いや。ちょっと、驚《おどろ》いただけだよ」

「それならいいけど……………」

「あ、そうだ！　望《のぞみ》お姉《ねえ》ちゃん。今《いま》からヒマ？」

ヒカリは望《のぞみ》の手《て》をしっかりとにぎった。


「ごめんね、望《のぞみ》お姉《ねえ》ちゃん」

リビングで、ヒカリは望《のぞみ》に頭《あたま》を下《さ》げた。

「わざわざ、留守番《るすばん》につきあってくれてありがとう」

「こっちこそ、ごめん」

望《のぞみ》は胸元《むなもと》で両手《りょうて》を合《あ》わせた。

「私《わたし》が都市伝説《としでんせつ》の話《はなし》をしたから、怖《こわ》くなったんだよね。今日《きょう》はヒカリちゃんの気《き》がすむまでいっしょにいるからね」

「望《のぞみ》お姉《ねえ》ちゃん………」

ヒカリの瞳《ひとみ》がうるんだ。

（望《のぞみ》お姉《ねえ》ちゃんは優《やさ》しいなあ。うちのママとは大《おお》ちがいだよ。こんな優《やさ》しい人《ひと》がママだったら、よかったのに）

「ねぇ、望《のぞみ》お姉《ねえ》ちゃん。ゲームしない？　最近《さいきん》、うちのクラスで流行《はや》っているゲームがあるんだよ。それ、協力《きょうりょく》プレイもできる………」

ピンポーン。

突然《とつぜん》、家《いえ》の中《なか》にチャイムが鳴《な》り響《ひび》いた。

ヒカリは顔《かお》をこわばらせた。

「ま、また、チャイムが………」

「ん？　誰《だれ》だろう？」

望《のぞみ》はすたすたと玄関《げんかん》に向《む》かう。あわてて、ヒカリが望《のぞみ》の制服《せいふく》のそでをつかんだ。

「ダメだよ！　ドアを開《あ》けたら、あの世《よ》につれて行《い》かれちゃうんでしょ？」

「大丈夫《だいじょうぶ》だよ。きっと、あれは作《つく》り話《ばなし》だろうし」

「で、でも………」

（本当《ほんとう》に女《おんな》の人《ひと》の幽霊《ゆうれい》がチャイムを鳴《な》らしていたら………）

電車《でんしゃ》にひかれた女《おんな》の人《ひと》がチャイムを鳴《な》らしている姿《すがた》を思《おも》い浮《う》かべて、ヒカリの両足《りょうあし》が小《こ》刻《きざ》みに震《ふる》えた。

「私《わたし》にまかせておいて」

望《のぞみ》はヒカリから離《はな》れて、玄関《げんかん》のドアを開《あ》けた。

ドアの前《まえ》には、背広姿《せびろすがた》の若《わか》い男《おとこ》の人《ひと》が立《た》っていた。男《おとこ》の人《ひと》はにこにこと笑《わら》いながら、望《のぞみ》に話《はな》しかける。

「あっ、どうも。私《わたくし》、太陽新聞《たいようしんぶん》の幹本《みきもと》と申《もう》します。えーと、お父《とう》さんかお母《かあ》さん、いますか？」

ヒカリの口《くち》がぽかんと開《ひら》いた。

(もしかして、ただのセールスマン？)

男《おとこ》の人《ひと》は、ヒカリの前《まえ》にいる望《のぞみ》に向《む》かって、しゃべり続《つづ》ける。

「いやぁ、やっと開《あ》けてもらえたよ。昨日《きのう》も、ここのマンションに来《き》たんだけどねぇ」

「昨日《きのう》も？」

ヒカリの質問《しつもん》に、男《おとこ》の人《ひと》は笑《わら》いながらうなずいた。

「うん。でも、留守《るす》の家《いえ》が多《おお》かったみたいだな。それで、君《きみ》たちのお父《とう》さんかお母《かあ》さんは？」

その時《とき》、男《おとこ》の人《ひと》の背後《はいご》に、白髪《しらが》まじりのおじいさんが現《あらわ》れた。

「また、君《きみ》か」

おじいさんはぎらりとした目《め》で、男《おとこ》の人《ひと》をにらみつける。

「許可《きょか》なく、マンションの中《なか》に入《はい》ってもらったら困《こま》るんだけどね」

「あ………管理人《かんりにん》さん。す、すみません！」

男《おとこ》の人《ひと》はあわてて、その場《ば》から逃《に》げ出《だ》した。

おじいさんはあきれた顔《かお》で、ため息《いき》をつく。

「困《こま》ったもんだよ。ごめんね、ヒカリちゃん。あのセールスマンしつこいんだよ。相手《あいて》がでるまで何回《なんかい》もチャイムを鳴《な》らすみたいなんだ」

「何回《なんかい》も………」

「うん。他《ほか》の階《かい》の住人《じゅうにん》からも苦情《くじょう》が来《き》てね。それで、今日《きょう》は見張《みは》ってたんだよ」

「じゃあ、昨日《きのう》のチャイムも、あの人《ひと》だったんだ………」

ヒカリはその場《ば》にしゃがみ込《こ》んだ。

「なんだよぉ。都市伝説《としでんせつ》の女《おんな》の人《ひと》じゃなかったんだ」

「大丈夫《だいじょうぶ》？　ヒカリちゃん」

望《のぞみ》がヒカリの肩《かた》に手《て》を回《まわ》す。

「ちょっと、部屋《へや》で休《やす》んだほうがいいよ」

「う、うん」

ヒカリは望《のぞみ》の手《て》を借《か》りて、よろよろと立《た》ち上《あ》がった。

(都市伝説《としでんせつ》なんて、信《しん》じた私《わたし》がバカだったよ。ううっ)


一時間後《じかんご》、ヒカリはリビングの床《ゆか》に大《だい》の字《じ》で寝転《ねころ》んでいた。すでに望《のぞみ》は帰《かえ》っていて、家《いえ》にはヒカリしかいない。

しかし、さっきまでとちがって、ヒカリに不安《ふあん》はなかった。

「さて、せっかくだし、ゲームでもやろうかな」

上半身《じょうはんしん》を起《お》こすと、ベランダに洗濯物《せんたくもの》が干《ほ》してあるのが見《み》えた。

「あっ、そうだ。洗濯物《せんたくもの》を取《と》り込《こ》まないと」

ヒカリはベランダに出《で》て、洗濯物《せんたくもの》を洗濯《せんたく》カゴに放《ほう》り込《こ》んだ。リビングに戻《もど》って、床《ゆか》に洗《せん》濯《たく》カゴをおく。

「これで、オッケーっと。なんだ。まじめにやったら、すぐ終《お》わることじゃん。取《と》り込《こ》むより、干《ほ》すほうが大変《たいへん》だろうし」

ふと、洗濯物《せんたくもの》を干《ほ》している母親《ははおや》の姿《すがた》が浮《う》かび上《あ》がった。

「そっか。ママは、仕事《しごと》もあるのに、毎日《まいにち》、洗濯物《せんたくもの》を干《ほ》しているのか……」

(ママって、大変《たいへん》だよな。それなのに、私《わたし》はこんな簡単《かんたん》なお手伝《てつだ》いもしてなかったんだ)

「私《わたし》、ママに甘《あま》えてた。もう、小学《しょうがく》五年生《ねんせい》なのに」

ヒカリはしゅんとうなだれて洗濯物《せんたくもの》をたたみ始《はじ》めた。

(ママが帰《かえ》ってきたら、『ごめん』って言《い》おう。私《わたし》のほうから仲直《なかなお》りするんだ)

ピンポーン。

突然《とつぜん》、チャイムが鳴《な》り響《ひび》いた。

「あっ、ママが戻《もど》ってきた!」

ヒカリは笑顔《えがお》で玄関《げんかん》に向《む》かう。

ピンポーン、ピンポーン。

「あれ？」

ヒカリの足《あし》が玄関《げんかん》のドアの前《まえ》で止《と》まった。

（ちょっと待《ま》って。ママならカギを持《も》っているし、チャイムなんか鳴《な》らさずに家《いえ》に入《はい》ってくるはず。それに、ママが帰《かえ》ってくる時間《じかん》は、まだ遅《おそ》いはずだし…………）

ピンポーン、ピンポーン、ピンポーン。

「だ…………誰《だれ》？」

突然《とつぜん》、ドアノブがガチャガチャと音《おと》をたてて動《うご》き始《はじ》めた。

「ひっ…………」

ヒカリはあわててドアノブを両手《りょうて》で押《お》さえる。必死《ひっし》に力《ちから》を込《こ》めるが、外《そと》からドアノブを回《まわ》している力《ちから》のほうが強《つよ》い。かけていたカギが開《あ》いてしまいそうな強《つよ》い力《ちから》に、ヒカリの顔《かお》がゆがんだ。

（なんでっ？　あの話《はなし》は作《つく》り話《ばなし》じゃなかったの？　さっきだって…………）

「あっ！」

ヒカリは望《のぞみ》の言葉《ことば》を思《おも》い出《だ》す。

『死《し》んだ母親《ははおや》は幽霊《ゆうれい》になって、今《いま》でも子供《こども》が一人《ひとり》で留守番《るすばん》している家《いえ》を見《み》つけて、「中《なか》に入《い》れて」って、チャイムを押《お》し続《つづ》けるの』

(そうか。さっきは、望《のぞみ》お姉《ねえ》ちゃんがいたから、私《わたし》は一人《ひとり》じゃなかったんだ。さっきのチャイムは女《おんな》の人《ひと》の幽霊《ゆうれい》じゃなくて、セールスマンだったし)

ガチャガチャガチャガチャガチャガチャ…………。

ドアがガタガタと音《おと》をたてる。

(私《わたし》は今《いま》、一人《ひとり》で留守番《るすばん》しているし、こんなことするお客《きゃく》さんなんているはずがない。今度《こんど》こそ、本当《ほんとう》に都市伝説《としでんせつ》の女《おんな》の人《ひと》がやってきたんだ!)

「消《き》えろっ!」

ドアノブをにぎりしめながら、ヒカリは叫《さけ》んだ。

「おまえなんか、入《はい》ってくるな! 私《わたし》が待《ま》っているのは、ママなんだから!」

(絶対《ぜったい》にあの世《よ》なんかに行《い》かない。ママと仲直《なかなお》りするんだ!)

その言葉《ことば》と同時《どうじ》に、外《そと》からドアノブを回《まわ》す力《ちから》がなくなった。

「え……と、止《と》まった？」

ヒカリはゆっくりとドアノブから手《て》を離《はな》す。さっきまで聞《き》こえていた音《おと》が消《き》え、しんと静《しず》まり返《かえ》っている。

「や、やった。あきらめて、帰《かえ》ったんだ」

その瞬間《しゅんかん》、ガチャリと音《おと》がして、ドアが開《あ》いた。

「ひっ！」

思《おも》わず、ヒカリは目《め》をつぶった。

「あれ？　ヒカリ？」

聞《き》き覚《おぼ》えのある声《こえ》が聞《き》こえてきて、ヒカリはまぶたを開《ひら》いた。

目《め》の前《まえ》にいたのは、ヒカリの母親《ははおや》だった。母親《ははおや》は青白《あおじろ》い顔《かお》をしたヒカリを見《み》て、目《め》を丸《まる》くした。

「どうしたのよ？　いつもは、むかえになんか来《こ》ないのに」

「あ………」

（そっか。ママが帰《かえ》ってきたから、あいつはいなくなったんだ。留守番《るすばん》が終《お》わったから）

「私《わたし》…………助《たす》かったんだ…………」

「ん？　助《たす》かったって、どういう意味《いみ》？」

母親《ははおや》が不思議《ふしぎ》そうな顔《かお》で、ヒカリを見《み》つめる。

「昨日《きのう》から変《へん》だよ。パパからヒカリが留守番《るすばん》を怖《こわ》がっているみたいって聞《き》いたから、早《はや》く帰《かえ》ってきたんだけど」

「あ…………それで、ママが帰《かえ》ってくる時間《じかん》が早《はや》かったんだ」

「うん。パパ、心配《しんぱい》してたわよ。それで、何《なに》があったの？」

その質問《しつもん》に答《こた》えずに、ヒカリは母親《ははおや》に抱《だ》きついた。

「ありがとう、ママ」

「ありがとうって、ママは何《なに》もしてないわよ？」

「ううん。ママは私《わたし》を助《たす》けてくれたんだよ」

ヒカリは真剣《しんけん》な顔《かお》をして、母親《ははおや》を見上《みあ》げた。

「そして、ごめんなさい」

「ごめん？」

「うん。私《わたし》、ママとの約束《やくそく》、今《いま》まで守《まも》れていなかった。これからは、留守番《るすばん》の時《とき》だけじゃなくて、いつでも、お手伝《てつだ》いするから」

「あら、そんな約束《やくそく》して大丈夫《だいじょうぶ》？」

母親《ははおや》は人差《ひとさ》し指《ゆび》で、つんとヒカリの頬《ほお》をつついた。

「ママのお手伝《てつだ》いは大変《たいへん》だよ。ご飯作《はんつく》ったり、洗濯《せんたく》をしたり、家《いえ》のそうじをしたりね。ヒカリにできるかな？」

「できるよ！」

強《つよ》い口調《くちょう》で、ヒカリは答《こた》えた。

「ママが私《わたし》たちのために、いつもがんばっていることがわかったから。ママとの約束《やくそく》もちゃんと守《まも》るよ！」

「……………そっか。じゃあ、さっそく、夕《ゆう》ご飯作《はんづく》りを手伝《てつだ》ってもらおうかな」

「うんっ！」

にっこり笑《わら》った母親《ははおや》に、ヒカリも笑顔《えがお》でうなずいた。

午後《ごご》八時《じ》、望《のぞみ》は自分《じぶん》の部屋《へや》で、パソコンを操作《そうさ》していた。パソコンの画面《がめん》には都市伝説《としでんせつ》のサイトが表示《ひょうじ》されている。

「あー、さっきは楽《たの》しかったなぁ」

そうつぶやきながら、望《のぞみ》は手元《てもと》においていたジュースを口《くち》にした。

「ヒカリちゃんがあんなに怖《こわ》がるなんて、やっぱ、小学生《しょうがくせい》をからかうのって、おもしろいや。あんな話《はなし》、絶対《ぜったい》にうそなのにさ」

望《のぞみ》の口元《くちもと》が笑《え》みの形《かたち》に変《か》わる。

（やっぱ、人《ひと》を驚《おどろ》かすのって、楽《たの》しいな。中学生《ちゅうがくせい》になってから、勉強《べんきょう》が忙《いそが》しくて、ストレスたまってたし、久《ひさ》しぶりにすっきりしたよ）

「さて、次《つぎ》は誰《だれ》をびびらそうかな」

ピンポーン。

突然《とつぜん》、チャイムの音《おと》が聞《き》こえてきた。

「あれ？　お客《きゃく》さんかな？」

望《のぞみ》は部屋《へや》のドアを開《あ》けて、廊下《ろうか》に出《で》た。薄暗《うすぐら》い廊下《ろうか》の奥《おく》に玄関《げんかん》が見《み》える。

ピンポーン、ピンポーン。

「あー、パパもママもまだ帰《かえ》っていないんだ。めんどくさいなぁ」

ため息《いき》をつきながら、玄関《げんかん》に向《む》かう。

ピンポーン、ピンポーン、ピンポーン。

チャイムの音《おと》が連続《れんぞく》で鳴《な》る。

「はいはい。今《いま》、出《で》るから。そんなに、チャイムを鳴《な》らさなくてもいいのに」

望《のぞみ》はシリンダー錠《じょう》をはずして、玄関《げんかん》のドアを開《あ》けた。

「どなたですか……って、あ、あれ？」

ドアの前《まえ》には誰《だれ》もいなかった。望《のぞみ》はまわりを見《み》わたす。

「変《へん》だな。さっきまで、チャイムが鳴《な》ってたのに……」

その時《とき》、望《のぞみ》の足首《あしくび》を誰《だれ》かがつかんだ。

「えっ？」

望《のぞみ》は視線《しせん》を下《さ》げる。

そこには、血《ち》まみれの女《おんな》の人《ひと》がいた。女《おんな》の人《ひと》は黒《くろ》い服《ふく》を着《き》ていて、顔《かお》や手足《てあし》にたくさん

の血《ち》がついていた。髪《かみ》は長《なが》く、見開《みひら》いた両目《りょうめ》が望《のぞみ》を見上《みあ》げている。

女《おんな》の人《ひと》の口《くち》が裂《さ》けるように広《ひろ》がった。

「やっと……………開《あ》けてくれた…………」

「あ………」

望《のぞみ》は自分《じぶん》の足首《あしくび》をつかんでいる女《おんな》の人《ひと》が、都市伝説《としでんせつ》のサイトに書《か》かれていた女《おんな》の人《ひと》だと気《き》づいた。

「ひいいいっ！」

望《のぞみ》は悲鳴《ひめい》をあげて逃《に》げようとしたが、女《おんな》の人《ひと》は望《のぞみ》の足首《あしくび》を放《はな》そうとしない。

「た、助《たす》け………」

足《あし》を引《ひ》っぱられて、望《のぞみ》は玄関《げんかん》に横倒《よこだお》しになった。

女《おんな》の人《ひと》が望《のぞみ》に覆《おお》いかぶさる。

血《ち》だらけの手《て》が望《のぞみ》の細《ほそ》い首《くび》をつかんだ。

意識《いしき》を失《うしな》う寸前《すんぜん》、望《のぞみ》は自分《じぶん》があの世《よ》につれて行《い》かれることを理解《りかい》した。

エピローグ

四十三時間目《じかんめ》の授業《じゅぎょう》は楽《たの》しんでいただけましたか？
自由《じゆう》に好《す》きなことができる留守番《るすばん》を、少女《しょうじょ》は楽《たの》しんでいました。
しかし、近所《きんじょ》のお姉《ねえ》さんから聞《き》いた都市伝説《としでんせつ》の話《はなし》が、少女《しょうじょ》に恐怖《きょうふ》を植《う》えつけたのです。
それは、一人《ひとり》で留守番《るすばん》している子供《こども》をねらう女《おんな》の話《はなし》でした。
その話《はなし》を聞《き》いてから、少女《しょうじょ》は一人《ひとり》で留守番《るすばん》することが怖《こわ》くなりました。
そして、少女《しょうじょ》の家《いえ》に、女《おんな》は現《あらわ》れたのです。
女《おんな》はチャイムを鳴《な》らし、少女《しょうじょ》をあの世《よ》につれて行《い》こうとしました。
しかし、少女《しょうじょ》を心《こころ》から心配《しんぱい》していた両親《りょうしん》のおかげで、命拾《いのちびろ》いしたのです。
今《いま》ごろ、少女《しょうじょ》は両親《りょうしん》に感謝《かんしゃ》しているでしょうね。
さて、これで、ハッピーエンドかと思《おも》いましたが、どうやら、続《つづ》きがあったようです。

ストレス発散《はっさん》のために、少女《しょうじょ》をからかっていたお姉《ねえ》さんが、あの世《よ》につれて行《い》かれてしまったようです。

あんな性格《せいかく》では、あんまり同情《どうじょう》はできませんけど。

皆《みな》さんも留守番《るすばん》の時《とき》は、注意《ちゅうい》してくださいね。

ドアのむこうにいる相手《あいて》は、今回《こんかい》のお話《はなし》にでてきた女《おんな》かもしれませんよ。

44時間目《じかんめ》

双《ふた》子《ご》物《もの》語《がたり》

プロローグ

こんにちは。
恐怖《きょうふ》の授業《じゅぎょう》の時間《じかん》です。
今回《こんかい》は双子《ふたご》のお話《はなし》です。
双子《ふたご》って、同《おな》じ顔《かお》で見分《みわ》けがつかない時《とき》がありますよね？
特《とく》に服装《ふくそう》や髪型《かみがた》を同《おな》じにしている双子《ふたご》は、まるで、鏡《かがみ》に映《うつ》っているようです。
そんな、双子《ふたご》ですが、中身《なかみ》のほうはどうでしょう？
外見《がいけん》は同《おな》じでも、性格《せいかく》はちがうかもしれません。
社交的《しゃこうてき》な性格《せいかく》の人《ひと》。

内向的《ないこうてき》な性格《せいかく》の人《ひと》。

人《ひと》には、いろんな性格《せいかく》があります。

きょうだいでも、まったく性格《せいかく》がちがう人《ひと》がいるのですから、双子《ふたご》でもそういうことはあるかもしれません。

今回《こんかい》のお話《はなし》に登場《とうじょう》する双子《ふたご》は、どうでしょうか。

しばし、観察《かんさつ》してみましょう！

「あっ！　双子《ふたご》だ」

通学路《つうがくろ》で、女《おんな》の子《こ》たちから指《ゆび》を差《さ》されて、二《に》ノ瀬《せ》ナナは眉間《みけん》にしわを寄《よ》せた。

女《おんな》の子《こ》たちはナナとなりにいる双子《ふたご》の妹《いもうと》のノノを見《み》ながら、話《はなし》をしている。

「あの双子《ふたご》、二《に》ノ瀬《せ》さん家《ち》の姉妹《しまい》さんだよね？」

「うん。中学《ちゅうがく》二年生《ねんせい》だったかな。ほんと、そっくりだよね」

「なんか、同《おな》じ人間《にんげん》が二人《ふたり》いるみたいだよ」

「だよね。あれだけ、そっくりな双子《ふたご》もめずらしいよ」

女《おんな》の子《こ》たちの言葉《ことば》に、ナナはノノの耳元《みみもと》に口《くち》を寄《よ》せた。

「ねえ、ノノ」

妹《いもうと》のノノが振《ふ》り向《む》いた。

ぱっちりとした二重《ふたえ》まぶたに大《おお》きな目《め》。白《しろ》い肌《はだ》に背中《せなか》まで届《とど》いているストレートの長《なが》い髪《かみ》。身長《しんちょう》も体格《たいかく》も自分《じぶん》と同《おな》じ姿《すがた》の妹《いもうと》が、自分《じぶん》の唇《くちびる》と同《おな》じ形《かたち》をした唇《くちびる》を動《うご》かした。

「ん？　どうしたの？　ナナ」

「そろそろ、いっしょに学校《がっこう》に行《い》くの、やめない？」

「えっ？　なんで？」

ノノは不思議《ふしぎ》そうな顔《かお》をした。

「小学校《しょうがっこう》のころから、ずっと、こうじゃん。今《いま》さら、何《なに》、言《い》ってんの？」

「だって、私《わたし》たちが二人《ふたり》で並《なら》んで歩《ある》いていたら目立《めだ》つよ。双子《ふたご》なんだから」

ナナはキョロキョロと周囲《しゅうい》を見回《みまわ》した。

通学路《つうがくろ》を歩《ある》いている人《ひと》たちが、全員《ぜんいん》、自分《じぶん》たちを見《み》ているような気《き》がする。

「時間《じかん》をずらして登校《とうこう》すれば、こんなに注目《ちゅうもく》されないよ」

「別《べつ》にいいじゃん。注目《ちゅうもく》されても。双子《ふたご》なんて、そこまでめずらしくもないし」

あきれた顔《かお》で、ノノはため息《いき》をつく。

「ナナは人《ひと》の目《め》を気《き》にしすぎなんだよ」

「だって…………」

ナナがノノに文句《もんく》を言《い》おうとした時《とき》、背後《はいご》からクラスメイトの麻子《あさこ》の声《こえ》が聞《き》こえてきた。

「あ、ノノだ。おはよーっ！」

麻子《あさこ》はナナとノノを交互《こうご》に見《み》て、ぎこちない笑《え》みを浮《う》かべた。

「あ、あれ？　ど、どっちがノノ？」

「私《わたし》がノノだよ」

ノノが麻子《あさこ》に向《む》かって手《て》を振《ふ》った。

「おはよ。あいかわらず、朝《あさ》から元気《げんき》だね、麻子《あさこ》」

「まあね。と、それより、バスケ部《ぶ》のスタメンになったって、マジ？」

「うん。昨日《きのう》、先生《せんせい》から言《い》われたよ」

「すごいじゃん！　一年生《ねんせい》でノノだけでしょ？」

「みたいだね。この前《まえ》の北中《きたちゅう》との練習試合《れんしゅうじあい》で、調子《ちょうし》よかったせいかも」

「あー、あの試合《しあい》はノノが大《だい》かつやくだったからねー。ラスト十秒《じゅうびょう》からの逆転《ぎゃくてん》のシュートは感動《かんどう》したよ」

「あれは運《うん》がよかっただけだよ」

「いやいや。ノノ様《さま》の実力《じつりょく》ですって」

「あはは。それならいいけどねぇ」

ノノと麻子《あさこ》が楽《たの》しそうに話《はな》しているのを見《み》て、ナナはそっと二人《ふたり》から離《はな》れた。

校門《こうもん》に近《ちか》づくと、数人《すうにん》の女《おんな》の子《こ》たちがノノに駆《か》け寄《よ》ってきた。

「ノノ、今度《こんど》の日曜《にちよう》、カラオケ行《い》こうよ。ノノがいると盛《も》り上《あ》がるしさ」

「おはよう、ノノ。次《つぎ》のバスケの試合《しあい》も応援《おうえん》に行《い》くね」

「ノノっ！　数学《すうがく》の宿題《しゅくだい》のノート見《み》せてよー。私《わたし》、忘《わす》れちゃって」

次々《つぎつぎ》と声《こえ》をかけてくる女《おんな》の子《こ》たちに、ノノは笑顔《えがお》で対応《たいおう》している。

ナナに声《こえ》をかける女《おんな》の子《こ》はいない。

ナナはため息《いき》をついて、校舎《こうしゃ》に向《む》かった。

(昔《むかし》からこうだ。どうして、ノノばっかり………)

ナナは人見知《ひとみし》りで、内気《うちき》な性格《せいかく》だった。そのせいで、友達《ともだち》もなく、学校《がっこう》では一人《ひとり》で行動《こうどう》することが多《おお》かった。

逆《ぎゃく》に妹《いもうと》のノノは、明《あか》るくて、おしゃべり上手《じょうず》だった。友達《ともだち》も多《おお》く、いっしょに入《はい》ったバスケ部《ぶ》でも人気者《にんきもの》だった。

（なんで、双子《ふたご》なのに、こんなに性格《せいかく》がちがうんだろ？　外見《がいけん》は鏡《かがみ》に映《うつ》したように、そっくりなのに）

女《おんな》の子《こ》たちの声《こえ》が後《うし》ろから聞《き》こえてくる。

「あ、ナナもいたんだね。気《き》づかなかったよ」

「ホントだ。ノノのお姉《ねえ》さんって、影薄《かげうす》いよねー」

「外見《がいけん》はノノと同《おな》じなんだけどね」

「性格《せいかく》がちがいすぎるよ。もっと、明《あか》るくなればいいのに……」

（別《べつ》に私《わたし》だって、好《す》きで、こんな性格《せいかく》になったんじゃないよ）

バカにされている気《き》がして、ナナは唇《くちびる》をかみしめたまま、早足《はやあし》で校舎《こうしゃ》の中《なか》に入《はい》った。

放課後《ほうかご》、ナナはノノといっしょにバスケ部《ぶ》の練習《れんしゅう》に参加《さんか》していた。

体育館《たいいくかん》の中《なか》で、クラスメイトの女《おんな》の子《こ》たちがバスケットボールのシュートの練習《れんしゅう》をして

いる。

ノノがきれいなフォームでシュートを放《はな》った。ボールが弧《こ》を描《えが》いて、リングの中《なか》に吸《す》い込《こ》まれる。

周囲《しゅうい》にいた女《おんな》の子《こ》たちが、歓声《かんせい》をあげた。

「さすが、ノノだね。百発百中《ひゃっぱつひゃくちゅう》じゃん」

「やっぱ、スタメンはちがうね。フォームがきれいだもん」

「一年生《ねんせい》なのに、すごいなぁ。私《わたし》なんて、二回《かい》に一回《いっかい》しか、シュートがきまらないよ」

「はいはい、おしゃべりはそこまで！」

顧問《こもん》の先生《せんせい》がパンパンと両手《りょうて》をたたいた。

「シュートを全部《ぜんぶ》はずした人《ひと》は、ドリブルしながら、コートを三周《しゅう》ね」

「う……………」

シュートを全部《ぜんぶ》はずしていたナナはボールを持《も》って、コートのはしに移動《いどう》した。

そこには、クラスメイトの夕子《ゆうこ》がいた。どうやら、夕子《ゆうこ》もシュートをはずしたようだ。

（あ…………はずした人《ひと》が、他《ほか》にもいるのはホッとするな）

となりに並《なら》ぶと、夕子《ゆうこ》の体《からだ》がびくりと動《うご》いた。夕子《ゆうこ》はナナの顔《かお》を見《み》て、表情《ひょうじょう》をこわばらせた。

「ん？　どうかしたの？　夕子《ゆうこ》さん」

「………………」

夕子《ゆうこ》は質問《しつもん》に答《こた》えずに、あわてた様子《ようす》でナナから離《はな》れた。その行動《こうどう》に、ナナは眉《まゆ》をぴくりと動《うご》かす。

（夕子《ゆうこ》さんも私《わたし》を無視《むし》するんだ？　夕子《ゆうこ》さんだって、そんなに友達《ともだち》はいないはずなのに）

夕子《ゆうこ》はショートの髪《かみ》の毛《け》をゆらして、ドリブルしている。ナナといっしょにコートを三周《しゅう》する気《き》はないようだ。

（もういいよ。私《わたし》だって、一人《ひとり》のほうが気《き》が楽《らく》だし………………）

その時《とき》、背後《はいご》から誰《だれ》かがナナの肩《かた》に手《て》をおいた。振《ふ》り返《かえ》ると、背《せ》の高《たか》い少年《しょうねん》が立《た》っていた。切《き》れ長《なが》の目《め》と形《かたち》の整《ととの》った唇《くちびる》。短《みじか》めに切《き》った髪《かみ》の毛《け》は眉《まゆ》に軽《かる》くかかっている。すらりとした体型《たいけい》と長《なが》い足《あし》は、まるで男性《だんせい》アイドルのようだ。

「雅人先《まさとせん》パイ………………」

ナナはバスケ部《ぶ》の先輩《せんぱい》の名前《なまえ》を呼《よ》んだ。

雅人《まさと》は白《しろ》い歯《は》を見《み》せて、ナナに微笑《ほほえ》みかける。

「ナナちゃん、シュートをはずしたのか？」

「あ、は、はい………」

「ははっ、しょうがないな。まあ、ナナちゃんはまだ一年生《ねんせい》だし、練習《れんしゅう》すれば、どんどんうまくなるよ」

「………私《わたし》でも、うまくなれますか？」

「もちろんさ。ちゃんと努力《どりょく》すればだけどね」

雅人《まさと》にぽんぽんと頭《あたま》をたたかれ、ナナは頬《ほお》を赤《あか》くした。

(雅人先《まさとせん》パイだけが、ノノよりも多《おお》く私《わたし》に話《はな》しかけてくれる。今日《きょう》も私《わたし》とノノをまちがえなかったし)

ナナは瞳《ひとみ》を輝《かがや》かせて、雅人《まさと》を見上《みあ》げた。

(やっぱり、雅人先《まさとせん》パイはかっこいいなあ。こんな人《ひと》が彼氏《かれし》だったらいいのに)

休日《きゅうじつ》に雅人《まさと》とデートしている光景《こうけい》を想像《そうぞう》して、ナナの顔《かお》が熱《あつ》くなった。

「ん？　どうかしたの？　顔《かお》が赤《あか》いよ」

「あ、な、なんでもないです」

ナナはあわてて返事《へんじ》をする。

「それならいいけど。あ、そうだ、ナナちゃん。練習《れんしゅう》が終《お》わったら、ちょっと話《はな》したいことがあるんだけどいいかな？」

「えっ？」

雅人《まさと》の言葉《ことば》に、ナナは目《め》を丸《まる》くした。

「私《わたし》に話《はな》したいこと……ですか？」

どくりとナナの心臓《しんぞう》が音《おと》をたてる。

（もしかして、私《わたし》に告白《こくはく》……）

「君《きみ》の双子《ふたご》の妹《いもうと》のノノちゃんのことなんだけど……」

「え……」

ナナは口《くち》を半開《はんびら》きにしたまま、呆然《ぼうぜん》と雅人《まさと》を見《み》つめた。

「ノ、ノノのこと？」

「うん。あの子《こ》のこと………もっと、知《し》りたいんだ」

その言葉《ことば》に、ナナの顔《かお》が凍《こお》りついた。

自分《じぶん》の部屋《へや》に戻《もど》ると、ナナは持《も》っていたカバンを木製《もくせい》の机《つくえ》にたたきつけた。机《つくえ》の上《うえ》におかれていた雑誌《ざっし》がバサバサと床《ゆか》に落《お》ちる。

「どうして………どうして、ノノなの？」

ナナはその場《ば》に両《りょう》ひざをついて、ぶるぶると体《からだ》を震《ふる》わせた。

目《め》の前《まえ》にある床《ゆか》がぐにゃりとゆがみ、瞳《ひとみ》に涙《なみだ》がたまる。

部活《ぶかつ》が終《お》わった後《あと》、ナナは体調《たいちょう》が悪《わる》いと言《い》って、雅人《まさと》のさそいをことわった。妹《いもうと》のノノに興味《きょうみ》をもっている雅人《まさと》と話《はな》したくなかったのだ。

「もう、イヤだ！　なんで、ノノばっかり………」

小学生《しょうがくせい》のころに、親戚《しんせき》のおばさんや近所《きんじょ》の子供《こども》たちから言《い》われた言葉《ことば》が、頭《あたま》の中《なか》で再生《さいせい》される。

『ノノがいると、その場《ば》が明《あか》るくなるよねえ。それに比《くら》べて、ナナは………』

『ナナちゃんと遊《あそ》んでても、おもしろくないよ。ノノちゃんと遊《あそ》ぼう』

『ナナちゃんって無口《むくち》だよね。本当《ほんとう》にノノちゃんと双子《ふたご》なの？』

多《おお》くの人《ひと》が、妹《いもうと》のノノと自分《じぶん》を比《くら》べた。

それが、悲《かな》しくて、イヤだった。

そして、あこがれの雅人《まさと》も、ナナではなく、ノノに興味《きょうみ》をもっている。

「ノノなんて、大《だい》キライっ！」

ナナはそう叫《さけ》ぶと、ひざをかかえて、その場《ば》に座《すわ》り込《こ》んだ。

（ずるいよ。ノノだけがみんなに好《す》かれて。私《わたし》もおんなじ姿《すがた》をしているのに……）

部屋《へや》の中《なか》で、ナナのすすり泣《な》く声《こえ》がもれた。


数十分後《すうじゅっぷんご》、ナナは手《て》の甲《こう》で涙《なみだ》をぬぐいながら立《た》ち上《あ》がった。

目《め》の前《まえ》の床《ゆか》に、数冊《すうさつ》の雑誌《ざっし》が落《お》ちたままになっている。

開《ひら》かれたページの中《なか》に書《か》いてある記事《きじ》を見《み》て、ナナの動《うご》きが止《と》まった。

そこには中学生《ちゅうがくせい》ぐらいの女《おんな》の子《こ》の写真《しゃしん》がはってあって、そのとなりには大《おお》きな文字《もじ》で『あの子《こ》の人生《じんせい》を自分《じぶん》の人生《じんせい》にする方法《ほうほう》』と書《か》かれてある。

「あの子《こ》の人生《じんせい》を自分《じぶん》の人生《じんせい》に？　何《なに》、これ？」

ナナは雑誌《ざっし》を拾《ひろ》い上《あ》げ、その記事《きじ》を読《よ》んだ。

どうやら、おまじない関係《かんけい》の記事《きじ》のようだ。あるおまじないをすれば、自分《じぶん》の人生《じんせい》を他《た》人《にん》の人生《じんせい》と交換《こうかん》できると書《か》いてある。

次《つぎ》のページには、おまじないをした女《おんな》の子《こ》たちの体験談《たいけんだん》がのっていた。

『このおまじないをためしてみて、新《あたら》しい人生《じんせい》を手《て》に入《い》れました。今《いま》は本当《ほんとう》に幸《しあわ》せです。不幸《ふこう》だと思《おも》っている子《こ》はやってみるといいよ』

『このおまじないはマジだよ。私《わたし》は人気者《にんきもの》のクラスメイトの人生《じんせい》を手《て》に入《い》れちゃった☆』

『他人《たにん》の人生《じんせい》と自分《じぶん》の人生《じんせい》を交換《こうかん》できるなんて、最高《さいこう》！』

「…………変《へん》な記事《きじ》」

ナナはぼそりとつぶやいた。

「こんな記事《きじ》、うそにきまってる。でも…………もし、私《わたし》がノノになれたら…………」

ノドが生《い》き物《もの》のように動《うご》いた。

（きっと、楽《たの》しいだろうな。友達《ともだち》がいっぱいいるし、雅人《まさと》先《せん》パイに好《す》かれてるから、恋人《こいびと》にだってなれるかもしれない）

「他人《たにん》の人生《じんせい》と自分《じぶん》の人生《じんせい》を交換《こうかん》する………か」

ナナは真剣《しんけん》な表情《ひょうじょう》をして、おまじないのやり方《かた》が書《か》かれた文章《ぶんしょう》を読《よ》み始《はじ》めた。

「えーと………まず、自分《じぶん》と相手《あいて》の名前《なまえ》と生年月日《せいねんがっぴ》を紙《かみ》に書《か》いて………」

ナナはノートに自分《じぶん》の名前《なまえ》とノノの名前《なまえ》、そして、生年月日《せいねんがっぴ》を書《か》き込《こ》んだ。

「あとは、自分《じぶん》の体《からだ》の一部《いちぶ》と相手《あいて》の体《からだ》の一部《いちぶ》を紙《かみ》にはさんで、誰《だれ》にも見《み》つからないように、しまっておく………と」

部屋《へや》の中《なか》を見回《みまわ》すと、ノノの机《つくえ》の上《うえ》に手鏡《てかがみ》とクシがおいてあるのを見《み》つけた。机《つくえ》に近《ちか》づき、クシを手《て》に取《と》る。そのクシにはノノの髪《かみ》の毛《け》がついていた。

「よし！　これでいいや」

ナナはノノの髪《かみ》の毛《け》を指《ゆび》でつまみ上《あ》げて、瞳《ひとみ》を輝《かがや》かせた。

次《つぎ》の日《ひ》の朝《あさ》、母親《ははおや》の声《こえ》が部屋《へや》の中《なか》に響《ひび》いた。

「ノノ、朝《あさ》よ！　起《お》きなさい」

眠《ねむ》っていたナナの体《からだ》を母親《ははおや》がゆらした。

「いつまで寝《ね》てるの、ノノっ！」

「……………ん？　ノノ？　何《なに》、言《い》ってんの」

布団《ふとん》の中《なか》で、ナナは口《くち》を動《うご》かした。

「ノノのベッドはむこうだよ。私《わたし》はナナ」

「寝《ね》ぼけてないで。今日《きょう》から朝練《あされん》なんでしょ？　スタメンになったんだから」

「だからぁ、それは、ノノだって………」

寝《ね》ぼけた顔《かお》で上半身《じょうはんしん》を起《お》こすと、目《め》の前《まえ》にエプロン姿《すがた》の母親《ははおや》がいた。

母親《ははおや》に向《む》かって、ナナは文句《もんく》を言《い》った。

「ママまでまちがえないでよ。私《わたし》がナナで、あっちで眠《ねむ》っているのがノノだから」

ナナはノノが眠《ねむ》っているベッドを指差《ゆびさ》す。

「ちゃんと顔《かお》を見《み》たらわかるでしょ？　私《わたし》とノノがそっくりでも、母親《ははおや》ならさ」

「もちろん、わかるわよ。あなたがノノだってね」

母親《ははおや》はぐっと顔《かお》をナナに近《ちか》づける。

「いくら双子《ふたご》だからって、親《おや》がまちがうわけないでしょ」

「……………私《わたし》がノノ？」

「そうよ。朝《あさ》から、変《へん》なこと言《い》わないでよね。それとも、母親《ははおや》の私《わたし》をだませると思《おも》っていたの？」

「そんな………………」

ナナはマクラの横《よこ》においてあった手鏡《てかがみ》を手《て》に取《と》り、自分《じぶん》の顔《かお》を確認《かくにん》した。

そこには、いつも通《どお》りの自分《じぶん》の顔《かお》がある。

(どこも変《か》わってない。でも、ママは、私《わたし》をノノだと思《おも》っている。ママは今《いま》まで、私《わたし》とノノをまちがえたことないのに)

母親《ははおや》はナナから離《はな》れて、ノノが眠《ねむ》っているベッドに近《ちか》づいた。

「ほら、ナナも起《お》きなさい」

「………………ん？　ナナ？」

ノノが布団《ふとん》から顔《かお》をだした。

「ナナって、私《わたし》はノノだよ」

「あんたまで、変《へん》なこと言《い》って。二人《ふたり》とも、さっさと顔洗《かおあら》ってきなさい！」

母親《ははおや》はそう言《い》うと、部屋《へや》から出《で》て行《い》った。

ノノは寝《ね》ぼけた顔《かお》で、ナナに声《こえ》をかけた。

「ねえ、ナナ。ママは何《なに》を言《い》ってるの？　私《わたし》はノノなのに………」

「さ、さあ、よくわからないよ」

ナナは素早《すばや》く制服《せいふく》に着替《きが》えて、部屋《へや》から出《で》た。

(やった！　本当《ほんとう》に、私《わたし》とノノの人生《じんせい》が入《い》れ替《か》わったんだ！　きっと、昨日《きのう》やったおまじないのおかげだ)

ナナの唇《くちびる》の両《りょう》はしが、きゅっとつり上《あ》がった。

バスケ部《ぶ》の部室《ぶしつ》に行《い》くと、スターティングメンバーの女《おんな》の子《こ》たちがいた。

「おはよーっ、ノノ。遅《おそ》いよ」

一《ひと》つ上《うえ》の先輩《せんぱい》が声《こえ》をかけてくる。

「あなたには期待《きたい》してるんだからね」

「は、はい……………」

ナナはぺこりと頭《あたま》を下《さ》げた。

（バスケ部《ぶ》の先輩《せんぱい》たちも、私《わたし》をノノだと思《おも》っている。やっぱり、おまじないはうまくいったんだ）

いつの間《ま》にか、ナナのまわりに女《おんな》の子《こ》たちが集《あつ》まっていた。

「ノノ、カラオケ、いつにする？」

「えっ？　ノノとカラオケ行《い》くの？　私《わたし》も行《い》きたい！」

「あっ、私《わたし》も行《い》く。いいよね？　ノノ」

「あ…………う、うん」

あわててナナは返事《へんじ》をした。

（これが、ノノが見《み》ている世界《せかい》なんだ。自分《じぶん》は何《なに》もしていないのに、まわりに人《ひと》が集《あつ》まってくる）

次々《つぎつぎ》と自分《じぶん》に声《こえ》をかけてくる女《おんな》の子《こ》たちを見《み》て、ナナの体《からだ》が熱《あつ》くなった。


「あっ！」

ナナの放《はな》ったシュートはリングをはずして、コートに転《ころ》がった。

（やばい。ノノはスタメンなのに、こんなに下手《へた》じゃ……）

近《ちか》くにいた先輩《せんぱい》が、ナナの肩《かた》を軽《かる》くたたいた。

「どうした？　今日《きょう》は調子悪《ちょうしわる》そうだね」

「う……」

蒼白《そうはく》の顔《かお》になったナナのまわりに、先輩《せんぱい》たちが集《あつ》まってくる。

「こんな日《ひ》もあるよ。気《き》にすんなっ！」

「そーそー。ノノはまだ一年《ねん》なんだから」

「ぶっちゃけ、ホッとしたよ。ノノも人間《にんげん》なんだね」

「まあ、試合《しあい》まで時間《じかん》もあるし、ゆっくり調子《ちょうし》を上《あ》げていけばいいよ」

「は、はい！」

ナナは笑顔《えがお》で首《くび》を縦《たて》に振《ふ》った。

(みんな、優《やさ》しいなぁ。ノノは毎日《まいにち》、こんな世界《せかい》で生《い》きていたんだ。ナナの時《とき》とは大《おお》ちがいだよ)

ふと、視線《しせん》を動《うご》かすと、体育館《たいいくかん》の扉《とびら》の前《まえ》にノノが立《た》っているのが見《み》えた。

ノノは青白《あおじろ》い顔《かお》をして、ナナを見《み》つめている。

(やっと、自分《じぶん》がナナになったことに気《き》づいたみたいだね。でも、もう遅《おそ》いよ。ノノの人生《じんせい》は私《わたし》がもらったんだから)

ノノのまわりには誰《だれ》もいない。そして、誰《だれ》もノノに声《こえ》をかけようとしない。

となりのコートを見《み》ると、バスケ部《ぶ》の男《おとこ》の子《こ》たちが練習《れんしゅう》をしていた。

コートの中央《ちゅうおう》に立《た》っている雅人《まさと》が自分《じぶん》を見《み》ているのに気《き》づいて、ナナの唇《くちびる》が笑《え》みの形《かたち》に変化《へんか》する。

(雅人《まさと》先《せん》パイも私《わたし》を見《み》ている。ノノになった私《わたし》を……)

ナナは雅人《まさと》の視線《しせん》を感《かん》じながら、しとやかにボールを拾《ひろ》い上《あ》げた。

(悪《わる》いね、ノノ。これからは、私《わたし》が、二《に》ノ瀬《せ》ノノとして生《い》きていくよ。そして、雅人《まさと》先《せん》パ

イも私《わたし》が手《て》に入《い》れるから）

それから、数日《すうじつ》がすぎた。

ナナはノノとしての生活《せいかつ》に慣《な》れつつあった。

ノノとして、バスケ部《ぶ》の練習《れんしゅう》に参加《さんか》して、ノノとして授業《じゅぎょう》を受《う》ける。

いつも、自分《じぶん》に好意《こうい》を持《も》っている先輩《せんぱい》や友達《ともだち》が近《ちか》くにいる状況《じょうきょう》は、ナナのもともとの性《せい》格《かく》を変《か》えていった。


「さっきの山下先生《やましたせんせい》、おもしろかったね」

放課後《ほうかご》の教室《きょうしつ》で、ナナは麻子《あさこ》に声《こえ》をかけた。

「教室《きょうしつ》であんなに見事《みごと》に転《ころ》ぶなんて。バナナの皮《かわ》ですべったみたいだよ」

大《おお》きな口《くち》を開《あ》けて笑《わら》っているナナを見《み》て、麻子《あさこ》はあきれたように肩《かた》をすくめた。

「最近《さいきん》のノノはテンション高《たか》いなぁ。性格《せいかく》が変《か》わったみたい」

その言葉《ことば》に、ナナはハッと口《くち》をつぐんだ。

「…………変《へん》かな？」

「いや、ノノはノノだし、問題《もんだい》ないよ。こうやって、話《はな》してても楽《たの》しいしね」

「そ、そっか。よかった」

ナナはふっと息《いき》を吐《は》き出《だ》した。

（やっぱり、かんぺきにノノになりきるのは難《むずか》しいな。でも、性格《せいかく》は明《あか》るくなったし、みんなと話《はな》せるようにもなった。自分《じぶん》にこんな一面《いちめん》があったなんて、びっくりだよ）

窓際《まどぎわ》の席《せき》を見《み》ると、ノノが一人《ひとり》でそこに座《すわ》っていた。

（ノノもナナになってから、性格《せいかく》が変《か》わったみたい。家《いえ》でも無口《むくち》になったし、私《わたし》にも何《なに》も言《い》わない。もっと、文句《もんく》を言《い》ってくると思《おも》ってたけど…………）

「ねえ、ノノ。そろそろ、部活《ぶかつ》でしょ？」

「あ、ホントだ。じゃあ、また明日《あした》ね」

ナナは麻子《あさこ》に手《て》を振《ふ》りながら教室《きょうしつ》を出《で》た。

部室《ぶしつ》に向《む》かっていると、バスケ部《ぶ》の女《おんな》の子《こ》たちが校庭《こうてい》を歩《ある》いている。

ナナは元気《げんき》よく、女《おんな》の子《こ》たちに声《こえ》をかけた。

みんなでおしゃべりしながらドアを開《あ》けると、部室《ぶしつ》のすみでしゃがんでいる女《おんな》の子《こ》がいた。女《おんな》の子《こ》は同《おな》じクラスの夕子《ゆうこ》だった。

夕子《ゆうこ》はバスケットボール用《よう》のシューズを胸《むね》に抱《だ》いている。そのシューズには黒《くろ》いペンで『ヘタクソ』『ネクラ』『ブス』と書《か》かれてあった。

「え………？」

笑《わら》っていたナナの表情《ひょうじょう》がこわばった。

(何《なに》これ？　夕子《ゆうこ》さん、いじめられてるの？)

体《からだ》を震《ふる》わせて涙《なみだ》を流《なが》している夕子《ゆうこ》を、ナナは呆然《ぼうぜん》と見《み》つめた。

「ノノ、さっさと着替《きが》えようよ」

女《おんな》の子《こ》がドアの前《まえ》で立《た》っているナナの肩《かた》をたたいた。

「早《はや》く準備《じゅんび》しないと、先生《せんせい》に怒《おこ》られるよ」

「あ………でも、夕子《ゆうこ》さんが…………」

「夕子《ゆうこ》？　ああ、いつものことじゃん」

「いつもの………」

「ほら、早《はや》く！」

ナナは女《おんな》の子《こ》に手《て》を引《ひ》っぱられて、ロッカーの前《まえ》に移動《いどう》した。

背後《はいご》から、夕子《ゆうこ》のすすり泣《な》く声《こえ》が聞《き》こえてくる。

（夕子《ゆうこ》さんって、ずっといじめられていたのか。全然《ぜんぜん》、気《き》づかなかったよ）

きょろきょろと周囲《しゅうい》を見回《みまわ》すと、部室《ぶしつ》の中《なか》にいる女《おんな》の子《こ》たちは、夕子《ゆうこ》のことなど、まったく気《き》にしていないようだ。ケラケラと笑《わら》いながら、昨日《きのう》のテレビドラマの話《はなし》をしている。

（みんな、フツーにしているけど、いいのかな………）

「いつまで、泣《な》いてるんだよ」

ナナのとなりにいた女《おんな》の子《こ》が、夕子《ゆうこ》の背中《せなか》に向《む》かって、かわいたぞうきんを投《な》げつけた。

ぞうきんは夕子《ゆうこ》の背中《せなか》にあたる。

「ナイスシュート！」

女《おんな》の子《こ》たちの笑《わら》い声《ごえ》が大《おお》きくなる。

「ノノもやりなよ！」

「えっ？」

「最近《さいきん》、シュートがうまくきまらないでしょ？　ちょうどいいじゃん」

女《おんな》の子《こ》はそう言《い》うと、ナナにかわいたぞうきんを渡《わた》した。

まわりを見《み》ると、他《ほか》の女《おんな》の子《こ》たちも、夕子《ゆうこ》にぞうきんを投《な》げている。

「どうしたの？　テンション低《ひく》いよ、ノノ」

「あ………う、うん」

（みんながやってるならいいか。夕子《ゆうこ》さんには、前《まえ》に無視《むし》されたこともあったし………）

ナナはぞうきんを夕子《ゆうこ》に向《む》かって投《な》げた。ぞうきんは夕子《ゆうこ》の頭《あたま》にパサリと乗《の》った。

女《おんな》の子《こ》たちがナナに向《む》かって、拍手《はくしゅ》をする。

「ナイスシュート！　さすが、ノノだね」

「やっぱり、ノノは最高《さいこう》だよ」

「ノノはみんなの期待《きたい》にこたえてくれるねぇ」

「は………ははっ」

ナナはぎこちなく笑《わら》った。

「やっぱ、ノノは笑《わら》っているほうがいいよね」

「そ、そうかな？」

「うん。だから、いつも笑顔《えがお》でいてね」

（いつも笑顔《えがお》か…………）

ナナの眉間《みけん》に小《ちい》さなしわが寄《よ》った。


練習《れんしゅう》が終《お》わると、ナナは教室《きょうしつ》に向《む》かった。

「やっと、練習《れんしゅう》が終《お》わったよ。やっぱ、スタメンはきついや」

そうつぶやきながら、教室《きょうしつ》のドアを開《あ》ける。教室《きょうしつ》の中《なか》には誰《だれ》もいなかった。すでに太陽《たいよう》はしずんでいて、窓《まど》からは薄紫色《うすむらさきいろ》の雲《くも》が見《み》えている。

「さっさと帰《かえ》ろう」

ナナはカバンのおいてある自分《じぶん》の席《せき》に駆《か》け寄《よ》った。

その時《とき》、ポケットに入《い》れていた携帯電話《けいたいでんわ》が呼《よ》び出《だ》し音《おん》を鳴《な》らした。

「ん？　誰《だれ》だろう？」

携帯電話《けいたいでんわ》を取《と》り出《だ》して、液晶画面《えきしょうがめん》を確認《かくにん》すると、『雅人先《まさとせん》パイ』と表示《ひょうじ》されている。

「えっ？　うそっ！」

ナナは顔《かお》を赤《あか》くして、液晶画面《えきしょうがめん》を見《み》つめた。

「ノノったら、いつの間《ま》に、雅人先《まさとせん》パイと電話番号《でんわばんごう》を交換《こうかん》してたの？　私《わたし》には何《なに》も言《い》ってなかったのに」

携帯電話《けいたいでんわ》を持《も》つ手《て》が小刻《こきざ》みに震《ふる》える。

「あ……………ちがう。ノノは私《わたし》なんだ」

怒《いか》りにゆがんでいた顔《かお》が、素《す》に戻《もど》る。

(そうだ！　今《いま》は私《わたし》がノノなんだから、雅人先《まさとせん》パイが興味《きょうみ》をもっているのも私《わたし》になるんだ)

左胸《ひだりむね》の奥《おく》が音《おと》をたてる。

(もしかして、ノノになった私《わたし》に告白《こくはく》してくれるとか)

雅人《まさと》の笑顔《えがお》を思《おも》い出《だ》して、呼吸《こきゅう》が荒《あら》くなった。

ナナは大《おお》きく深呼吸《しんこきゅう》をして、通話《つうわ》ボタンを押《お》した。

「……………ノノちゃん？」

携帯電話《けいたいでんわ》から、雅人《まさと》の声《こえ》が聞《き》こえてきた。

ナナは背筋《せすじ》をピンと伸《の》ばして、携帯電話《けいたいでんわ》を口元《くちもと》に寄《よ》せた。

「は、はい。ノノです！」

「今《いま》、いいかな？　この前《まえ》の話《はなし》の続《つづ》きなんだけど…………」

「この前《まえ》…………。え、えーと、なんでしたっけ？」

「いじめをやめるって話《はなし》だよ。考《かんが》えてくれた？」

「え…………？」

ナナの顔《かお》から表情《ひょうじょう》が消《き》えた。

「い…………いじめ？」

「今《いま》さら、ごまかす気《き》なのか？　ノノちゃんたちが、かくれてバスケ部《ぶ》の女子《じょし》をいじめているのは知《し》ってるんだぞ！」

雅人《まさと》の口調《くちょう》がきびしくなる。

「しかも、いじめているのは、ノノちゃんのクラスメイトじゃないか」

「…………ゆ、夕子《ゆうこ》さんのこと？」

「そうだよ。先生《せんせい》も見《み》て見《み》ぬふりをしているけど、俺《おれ》は男子《だんし》バスケ部《ぶ》のキャプテンとして、黙《だま》ってられない」

「な、なんで、私《わたし》にそんな話《はなし》をするんですか？」

「君《きみ》がいじめの張本人《ちょうほんにん》だからだよ」

「私《わたし》が………」

かすれた声《こえ》がナナの口《くち》からもれた。

（ノノが夕子《ゆうこ》さんをいじめてた？　しかも、ノノがいじめの張本人《ちょうほんにん》って………）

「な、何《なに》、言《い》ってるんですか？　私《わたし》がいじめなんて………」

「俺《おれ》、ノノちゃんが夕子《ゆうこ》ちゃんをいじめているところを見《み》たことあるんだ。君《きみ》は、他《ほか》の女《じょ》子《し》といっしょに夕子《ゆうこ》ちゃんにボールを投《な》げつけていたよね。しかも、君《きみ》がボールを投《な》げつけるように、みんなをあおっていたじゃないか」

「あ………でも、それはノノが………」

「だから、君《きみ》のことだろ？」

「あ………」

「そうやって、いじめを続《つづ》けていると、いつか、ノノちゃんが仕返《しかえ》しされ………」

ノノはあわてて通話《つうわ》を切《き》った。

「ち、ちがうっ！　私《わたし》じゃない！」

ノノの声《こえ》が教室《きょうしつ》の中《なか》に響《ひび》いた。

いつの間《ま》にか、額《ひたい》にはびっしょりと汗《あせ》が浮《う》かんでいた。

（まさか、ノノがいじめの張本人《ちょうほんにん》だったなんて……）

ノノは部室《ぶしつ》での出来事《できごと》を思《おも》い出《だ》した。

あの時《とき》、バスケ部《ぶ》の女《おんな》の子《こ》たちは、当《あ》たり前《まえ》のように、夕子《ゆうこ》にぞうきんを投《な》げていた。

きっと、日常的《にちじょうてき》に夕子《ゆうこ》をいじめていたのだろう。

そして、そのいじめの張本人《ちょうほんにん》が妹《いもうと》のノノだったのだ。

「冗談《じょうだん》じゃないよ！　今《いま》は私《わたし》がノノになっているのに！」

ナナは目《め》の前《まえ》の机《つくえ》を平手《ひらて》でたたいた。

大《おお》きな音《おと》がして、机《つくえ》の中《なか》に入《はい》っていた教科書《きょうかしょ》やノートが床《ゆか》に散《ち》らばる。その中《なか》に赤《あか》い文字《もじ》で書《か》かれた紙《かみ》がまぎれ込《こ》んでいた。

「何《なに》……これ？」

ナナはその紙《かみ》を拾《ひろ》い上《あ》げて、文字《もじ》を読《よ》んだ。

『二《に》ノ瀬《せ》ノノ、フクシュウしてやる、フクシュウしてやる、フクシュウしてやる………』

「ひっ！」

ナナは悲鳴《ひめい》をあげて、紙《かみ》から手《て》を離《はな》した。紙《かみ》はひらひらと木《こ》の葉《は》のように床《ゆか》に落《お》ちる。

「ふ、ふくしゅうって、ノノに………」

(ちがう！　ふくしゅうされるのは私《わたし》だ。私《わたし》がノノなんだから)

体中《からだじゅう》の血《ち》がひいていくような気《き》がした。

両足《りょうあし》が小刻《こきざ》みに震《ふる》え、背中《せなか》の汗《あせ》がブラウスをぬらす。

「と、とにかく、ノノにいじめをやめるように言《い》わないと」

床《ゆか》に落《お》ちていた教科書《きょうかしょ》とノートをカバンにつめて、ナナはドアに向《む》かった。

ドアを開《あ》けた瞬間《しゅんかん》、目《め》の前《まえ》に夕子《ゆうこ》が立《た》っていた。夕子《ゆうこ》は輝《かがや》きのない目《め》で、ナナを見《み》つめている。その手《て》には、カッターナイフがにぎられていた。

「ノノさん、こんなところにいたんだ………」

暗《くら》い声《こえ》が周囲《しゅうい》に響《ひび》いた。

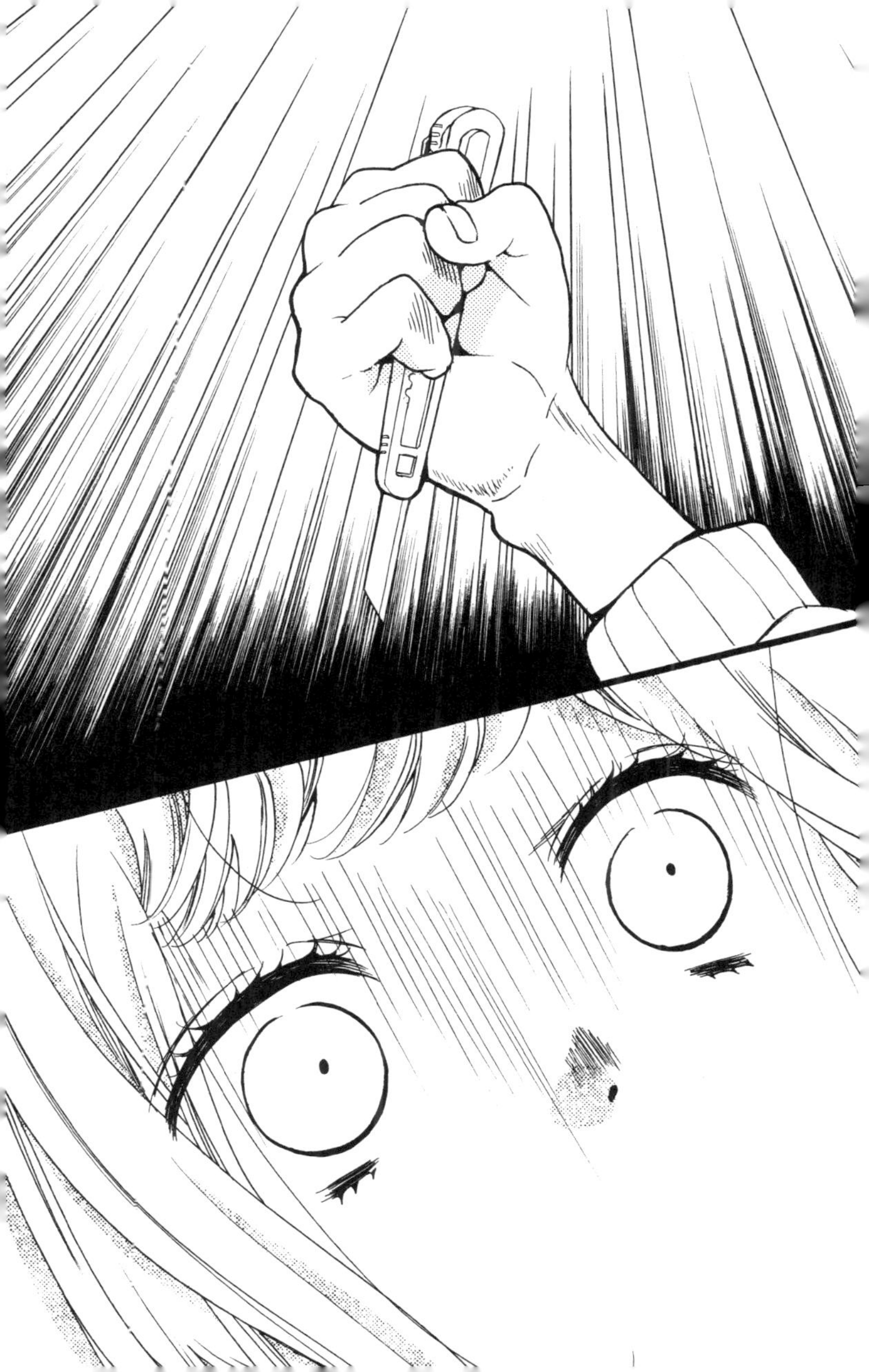

「やっと、見《み》つけたよ」

「ゆ、夕子《ゆうこ》さん………」

ナナは蒼白《そうはく》の顔《かお》で後《あと》ずさった。ゆっくりと夕子《ゆうこ》が近《ちか》づいてくる。

「ち、ちがうの、夕子《ゆうこ》さん」

「何《なに》が、ちがうの？」

「私《わたし》はノノじゃなくて、ナナだから」

「………うそね。他《ほか》の人《ひと》は二《に》ノ瀬《せ》さんたちの区別《くべつ》がつかないみたいだけど、あなたにいじめられていた私《わたし》にはわかる。あなたがノノさんだって」

「そうじゃなくて………」

「言《い》い訳《わけ》はやめて。もう、私《わたし》は覚悟《かくご》を決《き》めたの。このままいじめられるぐらいなら、あなたを………」

夕子《ゆうこ》は表情《ひょうじょう》をなくした顔《かお》でカッターナイフを振《ふ》り上《あ》げた。

救急車《きゅうきゅうしゃ》がサイレンを鳴《な》らして学校《がっこう》から出《で》て行《い》くのを、ノノは教室《きょうしつ》の窓際《まどぎわ》から見《み》ていた。

下《した》から、先生《せんせい》や生徒《せいと》たちの騒《さわ》ぎ声《ごえ》が聞《き》こえてくる。

「ナナ……大丈夫《だいじょうぶ》かな？　だいぶ、血《ち》が出《で》ていたけど……あ………」

ノノは口元《くちもと》を手《て》で押《お》さえた。

「ちがう。今《いま》は、私《わたし》がナナだったんだ」

ノノの唇《くちびる》のはしがつり上《あ》がる。

「ホントにラッキーだったよ。やっぱ、いじめはよくないよね。夕子《ゆうこ》さんも当分《とうぶん》、学校《がっこう》には戻《もど》ってこられないだろうけど、次《つぎ》は仲良《なかよ》くしてあげないと」

大《おお》きく背伸《せの》びをして、ノノは窓際《まどぎわ》から離《はな》れた。机《つくえ》の中《なか》に入《はい》っていた雑誌《ざっし》を取《と》り出《だ》し、ページをめくる。そこには、紙《かみ》がはさまっていた。

紙《かみ》には、ノノとナナの髪《かみ》の毛《け》がセロハンテープではりつけられていて、生年月日《せいねんがっぴ》と名前《なまえ》が書《か》かれてあった。

「それにしても、このおまじない、ナナもやってたとはね。やっぱり、私《わたし》たち、双子《ふたご》なんだね」

ノノは目《め》を細《ほそ》めて、にんまりと笑《わら》う。

「まあ、安心《あんしん》してよ、ナナ。これからは私《わたし》が二《に》ノ瀬《せ》ナナとして、生《い》きていくから。今度《こんど》は平穏《へいおん》にね」

そう言《い》うと、ノノは軽《かる》い足取《あしど》りで、教室《きょうしつ》から出《で》て行《い》った。

エピローグ

四十四時間目《じかんめ》の授業《じゅぎょう》はいかがでしたか？
性格《せいかく》が明《あか》るくて、友達《ともだち》も多《おお》い双子《ふたご》の妹《いもうと》。
少女《しょうじょ》は、そんな妹《いもうと》をうらやましく思《おも》っていました。
しかし、妹《いもうと》には、秘密《ひみつ》があったようです。
クラスメイトをいじめていたという秘密《ひみつ》が…………。
そして、妹《いもうと》の人生《じんせい》を手《て》に入《い》れた少女《しょうじょ》が、そのむくいを受《う》けることになりました。
生《い》きていれば、いいのですが。
それにしても、双子《ふたご》って、不思議《ふしぎ》ですね。
まったく同《おな》じことを考《かんが》えていたなんて。
まあ、他人《たにん》の人生《じんせい》をうらやましく思《おも》うより、自分《じぶん》の人生《じんせい》をよくすることを考《かんが》えたほうがよさそうです。
皆《みな》さんもそう思《おも》いませんか？
それとも、このおまじないをためしてみます？
やり方《かた》はもう、わかっていますよね？

あとがき

こんにちは。怖《こわ》いモノが大好《だいす》きな桑野和明《くわのかずあき》です。

今回《こんかい》のあとがきでは、猫《ねこ》の話《はなし》をしましょう！

私《わたし》が一番好《いちばんす》きな生《い》き物《もの》は、猫《ねこ》です。

ふさふさの毛《け》、かわいらしい鳴《な》き声《ごえ》、そして、ピンク色《いろ》の肉球《にくきゅう》。

まさに、神様《かみさま》が創《つく》った、最高《さいこう》にかわいい生《い》き物《もの》です。いつか飼《か》いたいと思《おも》っているのですが、ペット不可《ふか》のアパートに住《す》んでいるので、今《いま》は難《むずか》しいです。

座椅子《ざいす》の上《うえ》であぐらをかいて、その上《うえ》に猫《ねこ》を乗《の》せて、いっしょに小説《しょうせつ》を書《か》くのが夢《ゆめ》なんですけどねえ。

きっと、アイデアが浮《う》かばない時《とき》には、猫《ねこ》がいろいろアドバイスしてくれると思《おも》うし（笑《わらい》）。

そんな、かわいい猫《ねこ》ですが、去年《きょねん》の秋《あき》ごろから、私《わたし》のアパートの近《ちか》くで見《み》かけるようになりました。その猫《ねこ》は野良猫《のらねこ》のようで、虎《とら》じまの毛《け》がぼさぼさで汚《よご》れていました。

私《わたし》が近《ちか》づこうとすると、さっと逃《に》げて行《い》きます。

あんまり、人間《にんげん》に慣《な》れていないようでした。

しかし、毎日《まいにち》の買《か》い物《もの》のたびに顔《かお》を合《あ》わせていると、野良猫《のらねこ》のほうも警戒心《けいかいしん》が薄《うす》れたのか、数《すう》メートルぐらい、近寄《ちかよ》っても逃《に》げなくなりました。

私《わたし》に敵意《てきい》がないことがわかったのでしょう。

それでも、体《からだ》にさわらせてくれることはなかったですが。

ある日《ひ》、その野良猫《のらねこ》が左《ひだり》の後《うし》ろ足《あし》を引《ひ》きずりながら歩《ある》いているのを見《み》かけました。

どこかで、ケガをしたようです。

「大丈夫《だいじょうぶ》？　病院《びょういん》行《い》くか？」

そう言《い》って近《ちか》づこうとしましたが、野良猫《のらねこ》は私《わたし》の言葉《ことば》がわからないのか、ひょこひょこと三本《ぼん》の足《あし》を動《うご》かして、林《はやし》の奥《おく》に逃《に》げて行《い》きました。

（まさか、骨《ほね》を折《お》ったんじゃ……………）

野良猫《のらねこ》がどうやって生《い》きているのかわかりませんが、足《あし》をケガしていたら、移動《いどう》するのも大変《たいへん》でしょう。食《た》べ物《もの》をどうするのかという問題《もんだい》もあります。

それに、ケガをした体《からだ》で寒《さむ》い冬《ふゆ》をどうやって生《い》き抜《ぬ》くのか………。

その日《ひ》から、私《わたし》がその野良猫《のらねこ》を見《み》ることはなくなりました。

(あの猫《ねこ》は、きっと、死《し》んでしまったんだろうな)

何《なん》か月《げつ》も姿《すがた》を見《み》せない野良猫《のらねこ》のことを思《おも》い出《だ》して、私《わたし》は暗《くら》い気持《きも》ちになりました。

しかし、春《はる》のある日《ひ》、あの時《とき》の野良猫《のらねこ》が私《わたし》のアパートの前《まえ》を歩《ある》いているのを見《み》かけたのです。

野良猫《のらねこ》の足《あし》のケガは治《なお》っていました。そして、その野良猫《のらねこ》の後《うし》ろから、毛玉《けだま》のような子猫《こねこ》たちが歩《ある》いていました。

野良猫《のらねこ》はお母《かあ》さんになっていました。

そして、この文章《ぶんしょう》を書《か》いている今《いま》も、その猫《ねこ》たちは、近《ちか》くの畑《はたけ》の中《なか》を走《はし》り回《まわ》っています。

いろいろ、大変《たいへん》なことがあるけれど、生《い》き物《もの》たちは必死《ひっし》に生《い》きているんですね。

人間《にんげん》も見習《みなら》わないといけませんね。

この作品は、集英社よりコミックスとして刊行された『絶叫学級』8、10、12、17巻をもとに、ノベライズしたものです。

集英社みらい文庫

絶叫学級《ぜっきょうがっきゅう》

家族《かぞく》のうらぎり 編《へん》

いしかわえみ　原作・絵
桑野和明《くわのかずあき》　著

ファンレターのあて先
〒101-8050　東京都千代田区一ツ橋2-5-10　集英社みらい文庫編集部
いただいたお便りは編集部から先生におわたしいたします。

2015年1月10日　第1刷発行
2022年3月15日　第9刷発行

発行者　北畠輝幸
発行所　株式会社 集英社
〒101-8050　東京都千代田区一ツ橋2-5-10
電話　編集部 03-3230-6246
読者係 03-3230-6080
販売部 03-3230-6393（書店専用）
http://miraibunko.jp
装丁　小松　昇（Rise Design Room）　中島由佳理
印刷　凸版印刷株式会社
製本　凸版印刷株式会社

★この作品はフィクションです。実在の人物・団体・事件などにはいっさい関係ありません。
ISBN978-4-08-321246-8　C8293　N.D.C.913　190P　18cm

「みらい文庫《ぶんこ》」読者《どくしゃ》のみなさんへ

言葉《ことば》を学《まな》ぶ、感性《かんせい》を磨《みが》く、創造力《そうぞうりょく》を育《はぐく》む……、読書《どくしょ》は「人間力《にんげんりょく》」を高《たか》めるために欠《か》かせません。
たった一枚《いちまい》のページをめくる向《む》こう側《がわ》に、未知《みち》の世界《せかい》、ドキドキのみらいが無限《むげん》に広《ひろ》がっている。
これこそが「本《ほん》」だけが持《も》っているパワーです。

学校《がっこう》の朝《あさ》の読書《どくしょ》に、休《やす》み時間《じかん》に、放課後《ほうかご》に……。いつでも、どこでも、すぐに続《つづ》きを読《よ》みたくなるような、魅力《みりょく》に溢《あふ》れる本《ほん》をたくさん揃《そろ》えていきたい。読書《どくしょ》がくれる、心《こころ》がきらきらしたり胸《むね》がきゅんとする瞬間《しゅんかん》を体験《たいけん》してほしい、楽《たの》しんでほしい。みらいの日本《にほん》、そして世界《せかい》を担《にな》うみなさんが、やがて大人《おとな》になった時《とき》、「読書《どくしょ》の魅力《みりょく》を初《はじ》めて知《し》った本《ほん》」「自分《じぶん》のおこづかいで初《はじ》めて買《か》った一冊《いっさつ》」と思《おも》い出《だ》してくれるような作品《さくひん》を一所懸命《いっしょけんめい》、大切《たいせつ》に創《つく》っていきたい。

そんないっぱいの想《おも》いを込《こ》めながら、作家《さっか》の先生方《せんせいがた》と一緒《いっしょ》に、私《わたし》たちは素敵《すてき》な本作《ほんづく》りを続《つづ》けていきます。「みらい文庫《ぶんこ》」は、無限《むげん》の宇宙《うちゅう》に浮《う》かぶ星《ほし》のように、夢《ゆめ》をたたえ輝《かがや》きながら、次々《つぎつぎ》と新《あたら》しく生《う》まれ続《つづ》けます。

本《ほん》を持《も》つ、その手《て》の中《なか》に、ドキドキするみらい――。

本《ほん》の宇宙《うちゅう》から、自分《じぶん》だけの健《すこ》やかな空想力《くうそうりょく》を育《そだ》て、〝みらいの星《ほし》〟をたくさん見《み》つけてください。

そして、大切《たいせつ》なこと、大切《たいせつ》な人《ひと》をきちんと守《まも》る、強《つよ》くて、やさしい大人《おとな》になってくれることを心《こころ》から願《ねが》っています。

２０１１年《ねん》　春《はる》

集英社《しゅうえいしゃ》みらい文庫《ぶんこ》編集部《へんしゅうぶ》